KB068193

매일
매일
좋은 날

日日是好日

NICHINICHIKOREKOUJITSU by Noriko Morishita

Copyright © 2008 Noriko Morishita
All rights reserved.

Original Japanese edition published in 2009 by Shinchosha Publishing Co., Ltd.
Korean translation rights arranged with Shinchosha Publishing Co., Ltd.
through Eric Yang Agency Co., Seoul.
Korean translation rights © 2019 by RH Korea Co., Ltd.

이 책의 한국어판 저작권은 에릭양 에이전시를 통한 저작권자와의 독점계약으로
한국어 판권을 ㈜알에이치코리아가 소유합니다. 저작권법에 의하여
한국 내에서 보호를 받는 저작물이므로 무단전재와 복제를 금합니다.

매일
매일
좋은 날

日日是好日

모리시타 노리코 지음 · 이유라 옮김

RHK
알에이치코리아

일러두기

• 각주의 설명은 옮긴이의 것입니다.
• 이 책은 기본적으로 외래어 표기법 규정을 따랐으나, 관용적인 표기와
  동떨어진 경우 실용적으로 절충했습니다.
• 본문의 사진은 원서의 실제 배경이 아니며 한국어판에 한해 추가한 이미지입니다.

서문

매주 토요일 오후, 나는 걸어서 10분 거리에 있는 한 집으로 향한다. 그 오래된 집의 문 앞에는 커다란 팔손이나무 화분이 놓여 있다. 삐그덕, 문을 열고 들어서면 현관 바닥은 물에 젖어 있고 숯 냄새가 난다. 정원 쪽에서는 희미한 물소리가 졸졸졸 들려온다.

나는 정원을 마주하고 있는 조용한 방에 들어가 다다미에 앉아 물을 끓이고, 차를 타고, 그 차를 마신다. 오직 그것만을 되풀이한다.

그렇게 일주일에 한 번씩, 대학교 때부터 25년 동안 다도를 계속해 왔다.

지금도 곧잘 순서를 틀린다. 왜 이런 걸 해야 하는지 알 수 없는 부분도 무척 많다. 다리가 저려 온다. 다도의 작법은 복잡하고 까다롭다. 대체 얼마나 더 해야 모든 걸 속 시원하게 알 수 있게 될까? 짐작도 가지 않는다.

"다도라는 거 말야. 뭐가 재미있어? 왜 그렇게 오랫동안 계속하고 있는 거야?"

친구들이 그렇게 물어볼 때가 있다.

초등학교 5학년 때 부모님 손에 이끌려 페데리코 펠리니 감독의 〈길〉이라는 영화를 본 적이 있다. 가난한 떠돌이 차력사의 이야기인데 전체적으로 어두운 분위기였다. 나는 영화를 전혀 이해하지 못한 채 이렇게 생각했다.

"이런 영화가 왜 명작이라는 거야? 디즈니가 훨씬 재미있는데."

그런데 10년 뒤 대학생이 되어 그 영화를 다시 보고서 충격을 받았다. 젤소미나의 테마곡은 기억이 났지만 내용은 처음이나 마찬가지였다.

"〈길〉이라는 게 이런 영화였구나."

가슴이 갈가리 찢어지는 것 같아 영화관의 어둠 속에서 펑펑 울었다.

그 후 나도 사랑을 하고 깊은 실연의 상처를 입었다. 취업에 실패하고 줄곧 내가 있을 곳을 찾아 헤맸다. 평범하게 십여 년이 흘렀다. 삼십 대 중반이 되어 또 〈길〉을 보았다.

"어라? 이런 장면이 있었나?"

전에는 보이지 않았던 장면과 들리지 않았던 대사들이 곳곳에 가득했다. 천진한 여주인공 젤소미나 역을 맡은 줄리에타 마시나의 실감 나는 연기에 가슴이 미어지는 것 같았다. 자신이 버린 여자의 죽음을 알고 밤바다에서 몸을 떨며 통곡하는 늙은 잠파노는 더 이상 잔혹하기만 했던 그 남자가 아니었다. 인간이란 너무나 슬픈 존재라고 생각했다. 눈물이 멈추지 않았다.

　펠리니 감독의 〈길〉은 볼 때마다 다른 존재가 되었다. 보면 볼수록 심오해졌다.

　세상에는 '금방 알 수 있는 것'과 '바로는 알 수 없는 것' 두 종류가 있다. 금방 알 수 있는 것은 한 번 지나가면 그걸로 충분하다. 하지만 바로 알 수 없는 것은 펠리니 감독의 〈길〉처럼 몇 번을 오간 뒤에야 서서히 이해하게 되고, 전혀 다른 존재로 변해 간다. 그리고 하나씩 이해할 때마다 자신이 보고 있던 것은 지극히 단편적인 부분에 지나지 않는다는 사실을 깨닫게 된다.

　'차'라는 건 그런 존재다.

　스무 살 때는 다도를 그저 하나의 예법이라고만 생각했다. 사람을 틀에 가두는 것 같아 마음에 들지 않았다. 게다가 해도 해도 내가 뭘 하고 있는 건지 알 수 없었다. 첫 단추도 제대로 못 끼운 것 같은데 그날그날 기후나 날씨에 따라 도구의 조합과 순서가 달라진다. 계절이 바뀌면 방 안 가구들이 대부분 재배치된다. 그러한 다실의 순환 과정을 몇 년씩 반복하며 어렴풋하게나마 겪어 왔다.

　그러자 어느 날 갑자기 비가 흐릿하게 냄새를 풍기기 시작했다. '아, 소나기가 오려나 봐.' 하고 생각했다. 정원수를 두드리는 빗방울이 이제까지와는 다른 소리로 들려왔다.

그리고 바로 흙냄새가 자욱이 피어올랐다.

그때까지 비라는 건 그저 하늘에서 떨어지는 물일 뿐, 냄새 같은 것은 없었다. 흙냄새도 나지 않았다. 나는 유리병 속에서 바깥을 바라보고 있었던 것이다. 그 유리 장막이 사라지자 계절이 '냄새'나 '소리' 같은 오감에 호소하기 시작했다. 나의 존재가 태어난 물가의 냄새를 분간하는 한 마리 개구리 같은 계절의 생명체라는 생각이 들었다.

매년 4월 초순에는 어김없이 벚꽃이 활짝 피어나고 6월 중순부터는 약속이라도 한 듯이 비가 내리기 시작한다. 그런 당연한 사실을 서른 살 가까이 되어서야 깨닫고 무척 놀랐다.

예전의 나에게 계절이란 더운 계절과 추운 계절, 두 가지밖에 없었다. 그랬던 것이 점점 세세해졌다. 봄에는 가장 먼저 산당화가 피어나고 매화, 복숭아꽃, 그다음 벚꽃이 핀다. 벚꽃이 지고 새잎이 돋아날 때면 등나무 꽃송이가 향기를 발하고, 활짝 피었던 철쭉이 지면 공기가 후텁지근해지면서 장마를 알리는 비가 내린다. 매실이 열매를 맺고 물가에서 창포가 피어나고 수국이 피고 치자나무가 달큼한 냄새를 풍긴다. 수국이 지고 나면 장마도 걷히고 버찌와 복숭아가 열리기 시작한다. 계절은 차례차례 포개어지듯 다가와서 공백이라는 것이 없다.

봄, 여름, 가을, 겨울 사계절은 옛 달력에서는 24절기로 나누어진다. 하지만 내게는 차를 배우러 다니는 매주, 매순간이 각기 다른 계절이었다.

작달비가 쏟아지는 날이었다. 빗소리를 계속 듣고 있었더니 불현듯 방이 사라져 버린 듯한 느낌이 들었다. 나는 쏟아지는 빗속에 있었다. 비를 듣는 동안 어느새 내가 비 그 자체가 되어 선생님 댁의 정원수에 쏟아지고 있었다.

'살아 있다는 건 이런 것이었구나!'

소름이 돋았다.

다도를 계속하는 동안 그런 순간들이 적금의 만기일처럼 때때로 찾아왔다. 무슨 특별한 일을 한 것은 아니었다. 지극히 평범한 이십 대, 삼십 대, 그리고 사십 대의 인생을 살아가고 있었다.

그러는 동안 스스로도 깨닫지 못한 사이에 한 방울 한 방울 컵에 물이 차올랐던 것이다. 컵이 가득 찰 때까지는 아무런 변화도 일어나지 않는다. 그러다 물이 가득 차 표면장력이 높아지고, 어느 날 어느 순간 부풀어 오른 수면에 균형을 깨뜨리는 물 한 방울이 떨어진다. 바로 그때 물이 컵 가장자리를 타고 단숨에 흘러내리는 것이다.

물론 다도를 배우지 않더라도 우리는 단계적으로 각성을 경험해 나간다. 이를테면 아버지가 된 남자가 이런 말을 한다.

"아버지가 너도 언젠가 알게 될 거라고 했었는데, 제 아이가 태어난 뒤에야 깨달았습니다. 아아, 이런 것이었구나 하고."

또 이렇게 말하는 사람도 있다.

"병에 걸리고 나니 별것 아닌 모든 일상들이 너무나 사랑스럽게 느껴졌어요."

누구나 시간이 흐르면 보이지 않던 것들이 보이고, 자신이 얼마나 성장했는지 깨닫게 되는 법이다. 하지만 불필요한 부분을 덜어 내며 나에게는 보이지 않는 나의 성장을 실감하게 해 주는 존재가 바로 '차'다. 처음에는 내가 뭘 하고 있는지 전혀 알지 못한다. 그러다 어느 날을 기점으로 갑자기 시야가 넓어진다. 그런 점이 인생과 똑같다.

바로 알기는 어려운 대신에 작은 컵, 큰 컵, 특대 사이즈 컵의 물이 넘치며 세계가 넓어지는 순간의 묘미를 몇 번이고 맛보게 해 주는 것이다.

다도를 시작하고 20년 이상 지나 마흔이 조금 넘었을 때, 나는 친구에게 차에 대해 이야기하게 되었다. 그러자 친구는 무척 의외라는 얼굴을 했다.

"뭐? 다도가 그런 거였어?"

그 반응에 오히려 내가 놀랐다. 많은 사람들이 다도란 '풍류를 즐기는 사람들의 돈 드는 취미'라고 상상할 뿐, 다도를 하면 어떤 것들을 느끼게 되는지는 전혀 알지 못했다.

나 역시도 얼마 전까지 그랬는데 완전히 잊고 있었다.

그때부터 언젠가 '차'에 대해 쓰고 싶다고 생각하게 되었다. 지난 25년간 선생님 댁의 다실에서 느꼈던 수많은 계절에 대해서, 그리고 컵의 물이 넘치는 순간에 대해서.

어릴 때는 이해하지 못했던 펠리니 감독의 〈길〉을 보며 지금의 나는 하염없이 눈물을 흘린다. 이해하려고 노력하지 않아도 가슴이 찢어진다. 인간에게는 아무리 이해하려 애를 써도 그때가 올 때까지 알 수 없는 것들이 있다. 그러나 어느 날 깨닫는 순간이 오면 그 사실을 덮고 감출 수는 없게 된다.

처음 차를 배우기 시작했을 때는 아무리 노력해도 내가 무엇을 하고 있는지 뭐 하나 짚이는 것이 없었다. 하지만 지난 25년간 그것이 단계적으로 보이기 시작했고, 지금은 왜 그렇게 하는지 어렴풋이 알게 되었다.

삶이 버겁고 힘들 때, 캄캄한 어둠 속에서 나를 잃었을 때, 차는 가르쳐 준다.

"긴 안목을 가지고 현재를 살아라."

차례

다인을 만나다

다케다 아주머니

"그 사람은 보통내기가 아니야."

내가 열네 살 때였다. 남동생 학교의 학부모 총회에 다녀온 엄마가 말했다.

"다 같이 인사하는데 한 사람만 결이 달랐어."

"결이 다르다니, 그게 무슨 소리야?"

"평범한 인사법이긴 한데, 뭔가 달라. 다케다라고 합니다, 하면서 고개 숙이는 걸 보고 깜짝 놀랐어. 그렇게 단아하게 인사하는 사람은 처음 봐."

"그 사람이 다케다 씨구나."

"그래. 그 사람 절대 보통내기가 아니야."

'보통내기가 아니라는 건 대체 어떤 사람을 말하는 거지?'

나는 어쩐지 엄격하고 무서운 사람을 상상하고 있었다.

어느 날 우리 집 현관 앞에서 옷깃이 둥근 블라우스를 입은 낯선 중년 여성과 엄마가 이야기하고 있는 모습을 보았다. 얼굴이 하얗고 찹쌀떡처럼 부드러운 인상을 한 아주머니였다.

"어머, 이쪽이 따님이신가요? 처음 뵙겠습니다. 다케다라고 합니다."

소문으로 익히 들었던 그 사람은 나를 보고 진심을 담은 눈빛으로 방글방글 웃으며 살며시 인사를 했다.

확실히 단정한 인사였지만 엄마가 말한 만큼 굉장하다는 생각은 들지 않았다. 보통내기가 아니라는 말을 듣고 상상했던 인물과는 전혀 달랐다.

'뭐야, 싹싹하고 상냥해 보이는 아주머니잖아.'

그것이 다케다 도모코 씨와의 첫 만남이었다.

다케다 씨는 엄마와 친구가 되었고 나는 그분을 '다케다 아주머니'라고 부르게 되었다.

다케다 아주머니는 요코하마의 번화가에서 태어나고 자란, 그야말로 요코하마 토박이였다. 1932년생. 그 세대로서는 보기 드문 전문직 여성이었고, 서른이 넘어서까지 일을 했지만 결혼과 출산을 계기로 가정으로 돌아가 전업주부가 되었다.

다케다 아주머니는 어딘지 모르게 단정한 분위기를 지니고 있었다. 대단한 미인도 아니고 별다른 장신구를 하는 모습도 본 적 없지만, 그래도 어쩐지 아름다웠다.

다케다 아주머니는 중년 여성들이 여럿 모였을 때 흔히 하듯이 새된 목소리로 말하는 일이 없었고, 아주머니들 특유의 무언가 감추고 있는 듯한 애매한 미소를 짓지도 않았다. 부드럽고 상냥한 인상과는 달리 똑 부러진 요코하마 토박이 말투로 이야기하곤 했다.

대인 관계는 원만하지만 필요 이상으로 우르르 몰려다니는 건 싫어하는지 볼일이 끝나면 "그럼 먼저 실례하겠습니다." 하고 지체 없이 그 자리에서 벗어나는 사람이었다. 남자든 여자든 힘이나 권위 앞에서는 태도나 목소리가 달라지는 경우가 많은데, 다케다 아주머니는 누구 앞에서나 변함이 없었다.

내가 제1지망이었던 대학에 떨어지고 재수를 망설이고 있을 때 부모님과 주위 어른들은 다들 판에 박은 듯 똑같은 말을 했었다.

"여자인데 굳이 재수까지 할 필요 없잖니. 어차피 나중엔 결혼할 거고."

하지만 딱 한 사람, 다케다 아주머니만은 다른 의견을 가지고 있었다.

"노리코, 가장 가고 싶은 대학에 들어가도록 해. 나는 여자라도 직업을 가지고 원하는 대로 살아야 한다고 생각해."

'나는 이렇게 생각해.'라고 자신의 생각을 분명하게 말하는 중년 아주머니는 처음 보았다. 다케다 아주머니는 내가 재수하지 않기로 결정했을 때도 이렇게 말했다.

"그래. 노리코 네가 스스로 결정한 거니까 그걸로 된 거야. 자신이 낸 결론을 따르고, 그렇게 하길 잘했다고 생각할 수 있도록 살아가면 된단다.”

다케다 아주머니에게서는 언제나 여유롭고 느긋한 분위기가 느껴졌다. 하지만 소위 ‘돈 많은 부인’들과는 조금 다른 느낌이었다. 대부분의 주부들이 남편의 출세와 자식의 입시만을 바라보며 살고 있었던 그 시대에 다케다 아주머니는 좀 더 넓은 어른의 세계를 알고 있는 듯한 느낌이 들었다.

“그 사람은 다인茶人이라서 그래.”

언젠가 엄마가 말했다.

“다인이라니, 그게 뭔데?”

“다도를 하는 사람 말이야. 다케다 씨, 젊었을 때부터 쭉 다도를 배웠대. 다도 선생 간판도 가지고 있다더라. 역시 어딘가 다르다 싶었어. 한눈에 이 사람은 보통내기가 아니라고 감이 오더라니.”

“흐음…….”

다도 같은 건 딴 세상 이야기였다. 슥슥슥슥 거품을 내고, 이유는 모르겠지만 다완茶碗의 방향을 돌리고 나서 차를 마시는 듯했다.

다케다 아주머니의 말로 표현하기 힘든 단정한 몸가짐이나 쉽게 동요하지 않는 인품이 다도와 어떤 관계가 있는지는 알 수 없었다. 하지만 그때 처음 들었던 ‘다인’이라는 말의 청명한 울림이 계속 귓가에 맴돌았다.

학생 시절은 눈 깜짝할 사이에 지나갔다.

"대학에 다니는 동안 내 일생을 걸 만한 무언가를 찾고 싶어."

늘 그렇게 생각했지만 내가 정말로 하고 싶은 일이 뭔지는 알 수 없었다. 다른 사람들이 잘 하지 않는 특별한 일을 찾아 덤벼들곤 했지만 무엇 하나 오래 지속하지 못한 채 3학년이 되었고, 주위에서는 슬슬 취직 이야기가 나오기 시작했다.

어느 날 갑자기 엄마가 말을 꺼냈다.

"노리코 너, 다도를 배워 보지 그러니?"

"뭐? 갑자기 왜?"

나도 모르게 얼굴을 찡그렸다. 내가 다도를 배우다니 한 번도 생각해 본 적이 없었다. 무엇보다 일본의 교양 수업이라니, 너무 낡고 진부한 느낌이라 하나도 멋있어 보이지 않았다.

'어차피 뭔가 배울 거라면 플라멩코나 이탈리아어 쪽이 좋은데.'

게다가 나에게 다도와 꽃꽂이는 옛날부터 결혼을 취직으로 여기는 보수적인 부모들이 딸을 꽃가마에 태우기 위해 필수적으로 배우게 하는 일종의 신부 수업이라는 고정

관념이 있었다. 쓸데없이 비싸기만 한 세계. 부자들의 사회적 지위. 이유 모를 권위주의. 여자들의 허영심 경쟁. 도무지 마음에 들지 않았다.

그런데,

"다도를 배운다고? 좋겠다. 나도 하고 싶어!"

눈을 반짝이며 그렇게 말하는 녀석이 있었다. 사촌인 미치코였다.

나와 미치코는 동갑이었고 어렸을 때부터 사이가 좋았다. 미치코네 집은 지방의 자산가라서 어렸을 때부터 방학이 되면 미치코네 집에 놀러가서 몇 주씩 함께 지내곤 했다. 미치코는 대학에 들어간 이후로 우리 집 근처의 아파트에서 살기 시작했다.

"이모, 저도 전부터 다도를 배워 보고 싶었어요."

미치코는 나와는 달리 솔직했다.

"그럼, 그럼. 다도가 얼마나 좋은 건데."

엄마가 맞장구를 쳤다.

"거봐, 미치코는 제대로 배운다잖니."

나는 불만스러웠다.

"노리코, 같이 하자. 같이 다도 배우자."

하지만 미치코가 그렇게 말하니 한편으로는 마음이 흔들렸다. 미치코와 함께라면 집에 오는 길에 찻집에 들러서 수다를 떨 수 있다. 우리는 만나기만 하면 최근에 본 영화

나 좋아하는 외국 스타, 재미있게 읽은 소설, 해외여행 같
은 이야기를 하며 몇 시간씩 떠들곤 했다.

정말 하고 싶은 일도 찾지 못하고 이제 일 년만 지나면
대학 생활도 끝이 난다. 솔직히 말해 닥치는 대로 특이한
것을 찾아다니는 건 이제 지긋지긋했다. 문득 그런 생각이
들었다.

'하고 싶은 일을 찾지 못하고 계속 초조해하는 것보다
는 뭔가 구체적인 일을 하나라도 시작하는 편이 좋을지도
몰라.'

뭐든 좋았다. 그것이 낡고 케케묵은 일본의 전통일지라도.

"수업은 다케다 씨에게 부탁할 거야. 너도 다케다 씨가
선생님이면 좋지?"

엄마의 그 말을 들었을 때 다케다 아주머니의 단정한 몸
가짐이나 말로 설명할 수 없는 여유와 함께, '다인'이라는
말의 울림이 가슴속에 되살아났다.

"다도, 괜찮을지도……."

스무 살의 봄이었다.

1장

아무것도 모른다는 것을 알다

선생님의 집

　다케다 아주머니는 몇몇 주위 사람들의 부탁으로 목요일 오후마다 자택에서 다도를 가르치고 있었는데, 대학생이라 평일에는 수업이 있는 나와 미치코를 위해 토요일 오후에 다도 수업을 해주기로 했다.

　그 집은 우리 집에서 걸어서 10분 거리인 선로 옆길에 있었는데, 예전에 몇 번인가 지나친 적이 있었다. 옆집은 메밀국숫집이었고 문 앞에는 커다란 팔손이나무 화분이 있었다. 기와지붕이 있는 낡은 목조 이층집이었다.

　우리는 어떤 차림에 무엇을 가져가야 하는지 알 수 없었다.

　"어머, 평소에 입는 옷이면 돼. 어쨌든 이번 주 토요일에 한번 와 보렴."

　5월의 연휴가 막 끝났을 때였다. 다케다 아주머니를 처음 만나는 미치코는 정장을 입었고 나는 블라우스에 스커트 차림으로 조금 긴장한 채 그 집으로 들어섰다.

　삐그덕 문을 열자 전통 료칸처럼 깨끗하게 청소된 현관 바닥은 물에 젖어 있었고, 우리 집처럼 아무렇게나 벗어 던

진 신발은 한 켤레도 없었다.

"안녕하세요."

인사하자 안쪽에서 "네." 하는 대답과 함께 종종걸음으로 다가오는 소리가 났다. 물들인 노렌˙을 가볍게 들어 올리며 여느 때처럼 하얗고 동글동글한 얼굴이 모습을 드러냈다.

"아."

그때 처음으로 다케다 아주머니의 기모노 차림을 보았다. 부드러운 베이지색 명주가 흰 얼굴과 무척 잘 어울려서 단정한 느낌을 주었다.

"잘 왔어요. 어서 들어오세요."

다케다 아주머니의 집에 들어간 건 이날이 처음이었다. 복도며 기둥이 잘 구워진 센베 과자 같은 색이었다. 현관을 올라가자 다다미방 두 개가 이어져 있었고, 그중 안쪽에 있는 다다미 여덟 장 크기의 일본식 방으로 안내받았다.

"여기서 잠깐 기다리렴."

아무것도 없는 놀라울 만큼 텅 빈 공간이었다. 나와 미치코는 천천히 방 안을 둘러보았다. 이곳이 이제부터 매주 다도를 하게 될 장소였다.

• 상점 입구에 가게 이름을 적어 걸거나 가정집에서 칸막이 용도로 드리우는 천

높은 천장을 올려다보자 옆방과의 사이에 있는 상인방[•] 위에 섬세한 격자무늬 창이 있었다. 커다란 도코노마床の間^{••} 에는 긴 족자가 드리워져 있었다. 중인방에도 가로로 긴 액자가 걸려 있었다.

복도를 낀 양쪽 유리문 너머로 정원이 보였다. 그리 크지는 않지만 감나무와 매화나무에 신록이 우거져 있고 여기저기 징검돌과 석등이 놓여 있었다. 꽃송이를 드리운 등나무 덩굴이 바람에 흔들렸다. 진홍과 연홍의 꽃들이 흐드러지게 핀 철쭉 덤불은 마치 장식용 꽃등 같았다.

정원의 감나무 맞은편에는 다케다 아주머니 아들의 것으로 보이는 하얀 서핑보드가 세워져 있었고 복도 벽 쪽에는 딸의 피아노가 놓여 있었다.

하지만 우리가 있는 이 방에는 여느 집과 같은 자질구레한 생활의 냄새가 없었다. 청결한 공기 속에 어쩐지 긴장감이 맴돌았다. 그러면서도 어딘지 모르게 오랜 세월 손때가 탄 듯한 온기가 느껴졌다. 화려하진 않지만 단정하고, 싹싹하지만 어딘가 의연한 다케다 아주머니의 분위기와 닮았다는 생각이 들었다.

• 인방은 기둥과 기둥 사이 또는 문이나 창 위아래를 가로지르며 벽의 하중을 지탱하는 나무. 위치에 따라 상인방, 중인방, 하인방으로 구분한다
•• 다실의 가장 상석으로 족자, 향, 꽃 등을 놓는 공간

미치코와 나는 긴장한 채 익숙하지 않은 정좌를 하고 앉
아 있었다.

"있잖아, 노리코."

미치코가 목소리를 낮추고 소곤소곤 말을 걸어왔다.

"응?"

어쩐지 나도 똑같이 소리를 낮추게 되었다.

"저거 뭐라고 쓰여 있는 거야?"

미치코는 도코노마에 있는 족자의 흘려 쓴 붓글씨와 건
너편 중인방 위에 있는 액자를 보고 있었다.

"못 읽겠어."

그때 마침 들어온 다케다 아주머니가 우리의 시선이 향
한 곳을 보고 빙긋 웃었다.

"이 액자에는 '일일시호일日日是好日'이라고 쓰여 있단다.
그리고 오늘의 족자는 말이지. '나뭇잎들이 청풍을 일으키
다'라는 뜻이야. 신록의 계절이기도 하고, 젊은 너희들에게
꼭 어울리지 않니?"

후쿠사 다루는 법

나는 다도 수업이 시작되면 뭔가 다도의 주의 사항 같은 걸 이야기하지 않을까 상상했었다. 그런데 다케다 아주머니는 제일 먼저 두께 1센티미터 정도 되는 납작한 종이 상자를 하나씩 건넸다. 뚜껑을 열자 도장의 인주 같은 강렬한 색의 네모난 천이 들어 있었다.

"이건 '후쿠사'라고 하는 거야."

후쿠사는 비단 백帛과 비단 사紗 자를 써서 한자로 帛紗라고 쓴다. 남성용 손수건 정도의 크기에 비단 천이 이중으로 덧대어져 있고 손으로 들자 부드럽게 늘어지는 무게감이 있었다.

"자, 이걸 먼저 허리에 차도록 하렴."

아주머니는 후쿠사의 모서리를 가볍게 잡아 들어 삼각으로 접고, 그것을 다시 반으로 접어 한쪽 끝을 오비•의 왼쪽에 끼웠다. 우리는 영문도 모른 채 아주머니를 따라 후쿠사

• 기모노의 허리 부분에 두르는 넓은 띠

를 스커트의 벨트에 끼웠다. 왼쪽 허리에 주홍빛 삼각 천이 축 늘어졌다.

"잘 보렴."

아주머니는 왼손으로 후쿠사를 오비에서 빼낸 뒤 오른손으로 한쪽 끝을 잡고 왼손을 다른 쪽 끝까지 미끄러뜨리며 역삼각형 모양을 만든 다음, 천을 조금 느슨하게 했다가 양쪽으로 힘차게 휙 잡아당겼다.

"팡!"

천이 울렸다. 우리도 후쿠사의 양쪽 끝을 잡아당겨 보았다. 몇 번씩 잡아당기는 동안 마치 박자를 세는 것처럼 "팡! 팡!" 하는 소리가 연달아 울렸다.

"이 동작을 '치리우치ちり打ち'라고 한단다. 먼지를 턴다는 뜻이지."

그러고 나서 아주머니는 스르륵 손끝을 놀려 병풍처럼 세로로 길쭉하게 삼등분해 접은 후쿠사를 가로로 놓고, 다시 반의반으로 접어서 손바닥만 한 작은 사각형으로 만들었다. 손가락이 살아 있는 것처럼 미끄러지듯 움직였다. 우리도 그 동작을 따라 했다.

"이게 후쿠사 다루는 법이란다."

"네……"

나츠메와 말차

그다음 아주머니는 장지문 너머에서 위쪽이 평평한 달걀처럼 생긴 까맣고 둥그스름한 물건을 손으로 받쳐 들고 왔다. 일본식 달걀찜을 만들 때 쓰는 뚜껑 달린 그릇 같은 칠기였는데 수박씨처럼 반질반질 윤이 났다.

"이게 차를 담아두는 '나츠메棗'란다."

나츠메는 본체와 뚜껑이 딱 맞물려 있었고 도토리처럼 매끄러우며 광택이 있었다.

손으로 들어 본 나츠메는 놀랄 만큼 가벼웠다. 뚜껑을 밀어 올리자 잘 맞물려 있던 뚜껑과 본체 사이 틈으로 공기가 빠져나가며 손에 착 달라붙는 듯한 감촉이 느껴졌다. 그리고 안쪽에 소복이 쌓여 있는 녹갈색 가루가 나타났다. 순간 인공적으로 착색한 건가 싶을 정도로 선명한 녹갈색이었다.

'이게 차라고?'

말차를 본 것은 그때가 처음이었다. 뚜껑을 닫을 때도 마찬가지로 손에 착 감기는 느낌이 들었다.

"아까 그 후쿠사로 나츠메를 깨끗이 닦는 거야."

아주머니는 작게 접은 주홍빛 후쿠사를 오른손에 꼭 쥐고 왼손에 나츠메를 들었다.

"일본어의 'こ' 자 모양으로 닦으면 된단다."

아주머니가 접은 후쿠사의 바깥쪽 부분으로 나츠메의 뚜껑 위에 부드럽게 'こ' 자를 그렸다.

왜 'こ'인 거지? 어차피 닦을 거면 구석구석 닦는 편이 낫지 않나?

그렇게 생각하면서 나도 따라서 'こ' 자를 그렸다.

최초의 차

"자, 그럼 오늘은 첫날이니까 내가 차를 타서 대접할게."

아주머니가 개인 접시에 담은 하얀 만주를 쟁반에 받쳐 가져다주었다. 하얀 만주의 얇은 껍질에 은은하게 보라색 붓꽃 무늬가 그려져 있었다.

"이건 아야메 만주라고 해서 5월 단오 명절•, 딱 지금 이맘때 먹는 거야."

"아, 네에."

나는 파이나 슈크림, 초콜릿 케이크를 좋아하는 양과자파라서 화과자는 노인들이 선호하는 것이라는 인식 정도밖에 없었다.

"자, 먹으렴."

"아…….."

차는 아직이었다. 차 없이 만주를 먹으면 목이 멜 것 같았다.

• 현대 일본에서는 양력 5월 5일로, 어린이날이기도 하다

미치코도 옆에서 당황스러워하고 있었다.

"……."

"얼른 먹어 보라니까."

아주머니가 재촉하는 바람에 우리는 손에 든 만주를 그대로 볼이 미어지게 입에 넣었다. 다케다 아주머니는 차를 준비하기 시작했다. 다도를 이렇게 가까이서 보는 것은 처음이었다.

아주머니는 물건을 이리저리 옮기고 뚜껑을 열고 뜨거운 물을 따르고 대나무로 만든 거품 내는 솔 같은 것을 몇 번이나 들어 올려서 살펴보곤 했다. 움직임이 마치 흐르는 듯했다. 어쩐지 춤을 추는 것처럼 보이기도 했지만 중간에 하얀 행주 같은 것으로 다완을 닦는 일상적인 동작도 있었다.

잘은 모르지만 그렇게 어려워 보이지는 않았다.

아주머니는 녹갈색 가루를 다완에 담고 뜨거운 물을 부은 다음 삭삭삭삭, 슥슥삭삭, 하고 차를 젓기 시작했다.

'그래, 이거야, 이거! 이런 게 바로 차 아니겠어?'

소리를 내서 마신다

그리고 차가 눈앞에 놓였다.

중학교 때 가족끼리 교토로 여행을 갔었다. 그때 료안지라는 절에서 검은 다완에 녹색 거품이 가득한 차가 아주 조금 나왔다. 부모님은 맛있다며 호들갑스럽게 감탄했지만 나와 남동생은 한 모금 마시자마자 얼굴을 찌푸렸다.

'어른들은 어떻게 이렇게 쓴 걸 맛있다고 하는 거지?'

그러고 보니 처음으로 커피를 마셨을 때도, 처음 맥주를 마셨을 때도, 어른들의 음료는 항상 쓴맛이 났다.

말차를 마시는 것은 그때 이후 처음이었다.

다완 바닥에 녹즙색의 말차가 거품에 반쯤 덮여 있었다.

"말차는 남기지 말고 마지막에는 소리를 내서 끝까지 마시는 거야."

"네? 소리를 내라고요?"

"그래. 그게 다 마셨다는 신호이기도 해."

어렸을 때는 빨대로 쪼르륵 소리를 내며 주스를 마시곤 했다. 그러다 외국에서는 수프를 먹을 때 후루룩 소리 내는 것이 무척 품위 없는 행동이라며 엄청 야단을 맞았다. 그 뒤로는 시골에서 올라온 외삼촌이 호텔 피로연에서 포타주 수프를 후루룩거리는 소리만 들어도 나도 모르게 얼굴이 화끈거렸다.

'그건 좀 싫은데……'

나는 거부감을 느끼면서도 차를 두 모금 마신 뒤 세 모금째에 큰맘 먹고 스읍, 하고 소리를 냈다. 순간적으로 움찔했지만 막상 해 보니 부끄러운 건 그저 한순간이었다. 오히려 속이 시원했다. 아까의 거부감은 단숨에 날아가 버렸다.

차는 역시 썼다. 하지만 그 쓴맛 덕분에 입속에 남아 있던 만주의 단맛이 썰물처럼 사라졌다.

"후쿠사를 '팡!' 하고 울리는 거 말야. 이상하지 않아?"

"차를 소리 내서 마시는 것도 이상해."

그날 나와 미치코는 소소한 문화적 충격에 대해 이야기하면서 집으로 돌아갔다.

그런데 두 번째 수업에서는 더더욱 영문을 알 수 없는 일들이 우리를 기다리고 있었다.

이유는 상관없어

두 번째 다도 수업 때 처음으로 그 '샥샥샥샥' 휘젓는 거품기를 만져 보게 되었다.

"이건 '차선茶筅'이라고 한단다."

가늘게 쪼개진 대나무 끝이 안쪽으로 둥글게 말려 있었다. 말차를 저어서 거품을 만드는 일종의 대나무 솔이었다.

아주머니는 다완에 뜨거운 물을 조금 부은 뒤 차선으로 호를 그리면서 손목을 빙그르르 돌리다가 다완 가장자리에 달칵 놓거나, 차선을 천천히 돌리다가 코끝까지 들어 올리는 기묘한 동작을 세 번 반복했다.

"자, 해 보렴."

우리도 차선으로 호를 그리며 손목을 빙그르르 돌리거나 차선을 코끝까지 들어 올려 보았다. 어쩐지 분향을 하는 듯한 묘한 기분이 들었다.

"……이게 뭐예요?"

"응? 차선 끝이 꺾이지 않았는지 확인하는 거야."

"그런데 왜 손목을 빙글빙글 돌리는 거예요?"

"이유는 상관없어. 어쨌든 이렇게 하는 거야."

"......"

아주머니가 하얀 삼베 행주를 가지고 왔다.

"이건 '차건茶巾'이라고 하는 거야. 잘 보렴."

그렇게 말한 다음 작게 접은 차건을 다완 가장자리에 걸치고 세 번 돌려 가면서 닦았다. 그렇게 한 바퀴 다 닦은 뒤에는 차건을 다완 바닥 한가운데 놓고 꾹꾹 누르듯 움직였다.

"마지막에는 다완 바닥에 일본어의 'ゆ유' 자를 쓰는 거야."

"왜요?"

"이유는 상관없어. 일일이 왜냐고 물으면 나도 곤란해. 의미 같은 건 몰라도 되니까 어쨌든 그렇게 하도록 해."

묘한 기분이었다. 학교 선생님들은 늘 이렇게 말했었다.

"아주 좋은 질문이야. 이해 안 되는 내용은 그냥 그런가 보다 하고 넘기면 안 돼. 모르는 게 있으면 이해될 때까지 몇 번이든 물어보도록 해."

그래서 의문을 가지는 것은 좋은 일이라고 생각해 왔다. 그런데 이곳은 어쩐지 내가 알던 세계와는 다른 것 같아서 당황스러웠다.

"이유 같은 건 상관없으니까 어쨌든 이렇게 해. 너희들은 반발심을 느낄지도 모르지만 다도라는 건 원래 그런 거니까."

다케다 아주머니의 입에서 이런 말이 나오다니 의외였

다. 하지만 그렇게 말할 때 다케다 아주머니는 어째선지 무척 그리운 것을 보는 듯한 눈빛을 하고 있었다.

"차라는 건 그런 거야. 이유가 어떻든 상관없어, 지금은."

데마에와 다다미를 걷는 법

세 번째 다도 수업 날, 드디어 차를 타는 연습을 하게 되었다.

"차를 타는 것을 '데마에点前'라고 해. 그중 가장 기본이 되는 것이 연한 차 데마에란다."

우리는 복도 끝에 있는 작은 탕비실 같은 곳에 있었다.

"여기는 '미즈야水星'라고 해. 다도를 준비하는 부엌 같은 곳이지."

수도와 개수대, 물동이, 대야가 있었고 선반에는 다완을 비롯한 도구류가 질서 정연하게 놓여 있었다.

아주머니는 시원해 보이는 파란 세로 줄무늬 항아리에 깨끗한 물을 채우고 새하얀 행주로 물방울을 말끔히 닦아낸 뒤 검은 칠기 뚜껑을 덮었다.

"먼저 이 물 항아리를 가지고 다실 입구에 앉으렴."

"네."

아주머니는 기모노의 옷자락이 사락사락 스치는 소리를 남긴 채 장지문 안쪽으로 사라졌다.

나는 상당히 무거운 물 항아리를 조심조심 옮긴 뒤 입구에 앉았다.

"물 항아리를 가지고 안으로 들어오렴. 좀 무겁겠지만 물이 튀지 않게 수평으로 잘 들고."

나는 균형을 잡기 위해 두 손을 크게 벌리고 무거운 물 항아리를 움켜잡았다.

"아, 그렇게 팔꿈치를 벌리면 안 돼. 손가락도 모으고. 물 항아리를 바닥에 내려놓을 때는 두 새끼손가락이 다다미에 살짝 닿도록 하는 거야."

"네, 네."

"대답은 한 번만."

"네."

팔꿈치를 오므리고 열 손가락을 가지런히 모으고 새끼 손가락은 바닥에 닿을 수 있도록 물 항아리를 든 채 영차, 하고 힘차게 일어나려는데 다시 주의를 들었다.

"다도에서는 말이지. 무거운 것은 가벼운 듯이, 가벼운 것은 무거운 듯이 드는 거란다."

'뭐? 무거운 걸 어떻게 가볍게 들지?'

일단은 최대한 영차, 하는 얼굴을 하지 않으려고 애쓰며 일어섰다. 그러고 나서 다다미방에 한 발 내딛으려고 하는 데 또다시 주의를 들었다.

"잠깐. 다실에 들어갈 때는 항상 왼발부터 들어가는 거 야. 그리고 문지방과 다다미 가장자리 선은 절대 밟지 않도록 해야 해. 자, 이제 가마 앞까지 걸어와 보렴."

'말도 안 돼! 어느 발부터 들어가야 하는지까지 정해져 있는 거야?'

나는 왼발을 성큼 뻗어 문지방을 넘었다. 그러자 이번에도 주의를 들었다.

"다다미 한 장에 여섯 걸음으로 걷도록 해. 그리고 일곱 걸음째에 다음 다다미로 넘어가는 거야."

'앗, 이대로는 걸음 수가 모자라!'

급하게 보폭을 줄여서 걸음 수를 맞추려다 보니 엉거주춤 우스꽝스럽게 걷는 모양새가 되었다.

아주머니 옆에서 미치코가 소리도 내지 못하고 어깨를 떨면서 웃고 있었다.

"꼭 좀도둑 같아."

미치코가 웃음을 참느라 새빨개진 얼굴로 말하며 눈물을 닦았다.

나도 얼굴이 빨갛게 달아오른 것을 느꼈다.

스무 살이나 되어서 어린애처럼 아장아장 걷는 방법부터 배우다니. 이렇게 아무것도 할 줄 모르는 취급을 받다니.

형태와 마음

다도의 작법이 무척 까다롭다는 소문은 익히 들었다. 하지만 그건 상상을 초월했다.

이를테면 히샤쿠柄杓•로 가마에서 뜨거운 물을 한 국자 떠서 다완에 따를 때도 수많은 주의 사항이 존재했다.

"노리코, 지금 뜨거운 물을 위쪽에서 떴지? 찻물은 가마 아래쪽에서 뜨는 거야. 다도에서는 말이지, '가운데는 차가운 물, 바닥은 뜨거운 물'이라고 해서 차가운 물은 한가운데서, 뜨거운 물은 바닥 쪽에서 뜨게 되어 있어."

'어차피 똑같은 가마에서 뜨는 거니까 위쪽이든 아래쪽이든 똑같은 물 아닌가?'

그렇게 생각하면서도 일단 아주머니 말대로 히샤쿠를 풍덩, 가마 바닥 깊숙이 담갔다.

"풍덩 소리를 내지 않도록 해."

"네."

• 물을 뜨는 나무 국자

퍼 올린 뜨거운 물을 다완에 따르려고 했다.

"다완의 옆쪽이 아니라 앞쪽에서 따르도록 해."

아주머니의 지시대로 다완 앞쪽에서 뜨거운 물을 따랐다. 빈 히샤쿠에서 물방울이 똑똑 떨어졌다. 그 물방울을 빨리 떨어지게 하려고 히샤쿠를 탁탁 흔들었다.

"아, 그러면 안 돼. 물방울이 떨어지기를 가만히 기다리는 거야."

하는 것마다 일일이 지적을 당하자 짜증이 났다. 이쪽저쪽에서 꼼짝 못하게 칭칭 얽어매는 것만 같았다. 한시도 자유롭게 움직일 수 있는 순간이 없었다.

'다케다 아주머니가 이러실 줄은 몰랐어!'

마치 사방팔방에서 칼을 꽂아 대는 작은 상자 속에서 몸을 웅크리고 있는 마술사의 조수가 된 심정이었다.

"차라는 건 말이지, '형태'가 그 첫걸음이란다. 먼저 '형태'를 만들어 두고 그 안에 '마음'을 담는 거야."

'하지만 마음이 들어가지 않은 텅 빈 형태를 만든다니. 그냥 형식주의에 불과하잖아. 인간을 틀에 가두는 것 아닌가? 게다가 무슨 의미가 있는지도 모르면서 하나부터 열까지 수박 겉 핥기 식으로 따라해 봤자 창의력이라곤 한 조각도 찾아볼 수 없잖아.'

일본의 전통적인 악습에 끼워 맞춰지는 기분이 들어서 반항심으로 폭발해 버릴 것만 같았다.

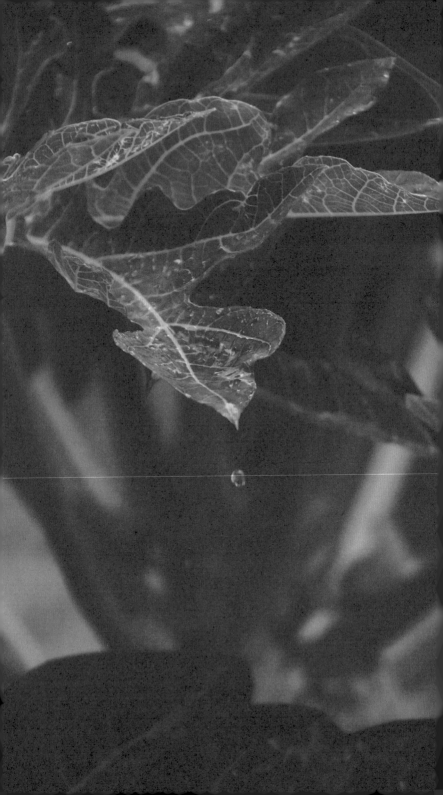

삭삭삭

드디어 차선으로 차를 젓는 순서가 와서 살짝 안심했다.

아무리 그래도 차를 저을 때 정도는 마음대로 할 수 있겠지.

나는 의욕에 넘쳐서 차선으로 슥슥슥슥, 삭삭삭삭, 세심하게 차를 저었다.

"아, 거품을 너무 많이 내면 안 돼."

"네?"

의외였다. 그도 그럴 것이, 말차라고 하면 보통 카푸치노처럼 풍성하게 거품을 내지 않던가?

"거품을 곱게 많이 내는 유파도 있지만, 우리 쪽은 거품을 많이 내지 않아. 거의 거품 없이 초승달 모양으로 수면이 보이게 만들지."

"초승달이요?"

대체 어떻게 끝이 벌어진 차선으로 거품 덮인 수면에 초승달 모양을 남긴다는 거지? 무슨 무협 소설에나 나오는 검의 달인이 가지고 있을 법한 기술 아닌가?

무언가를 배운다는 것

다케다 아주머니가 15분 정도 걸려서 했던 데마에를 나는 한 시간 이상 걸려 겨우 해냈다. 하지만 체감 시간은 그두 배에 가까웠다.

미즈야의 마룻바닥에 다리를 뻗고 저릿저릿한 손가락을 접었다 폈다 하며 욱신거리는 느낌에 몸부림치고 있었더니 아주머니가 말했다.

"이것도 습관이야. 머지않아 몇 시간쯤은 끄떡없이 정좌하고 있을 수 있게 될 거란다."

몇 시간이라니, 도저히 믿을 수 없었다.

그때 다케다 아주머니가 다시 말을 건넸다.

"노리코, 지금 한 걸 얼마나 기억하는지 처음부터 끝까지 다시 한 번 해 보겠니?"

"······."

다리는 아직도 욱신거렸지만 '얼마나 기억하는지'라는 말에 승부욕이 솟아났다. 학교 성적은 그럭저럭 좋은 편이었다. 기억력도 나쁘지 않을 터였다. 운동신경은 없었지만 그 대신 손재주가 있다는 말은 자주 들었다.

'다도 같은 건 그저 케케묵은 교양 과목일 뿐이잖아. 그 정도야 식은 죽 먹기지. 잘하는 모습을 보여서 다케다 아주머니에게 "어머, 노리코. 꽤 소질이 있구나." 하고 인정받자.'

그런 욕심도 조금은 있었다.

"네, 다시 한 번 해 볼게요."

그런데…….

걸음을 뗄 수가 없었다. 어디에 앉아야 할지 모르겠고, 어느 쪽 손을 내밀어야 하는지도 모르겠다. 무엇을 잡아야 하는지, 어떻게 잡아야 하는지. 손도 발도 전혀 움직일 수가 없었다.

내가 할 수 있는 일은 하나도 없었다. 방금 전에 했던 것들인데 무엇 하나 기억에 남아 있지 않았다.

'그것 봐. 못하겠지? 이것도 못하겠지?'

동작 하나를 할 때마다 그런 목소리가 들려오는 것 같았다. 하나부터 열까지 지시를 받으면서 꼭두각시 인형처럼 움직이는 수밖에 없었다.

'낡아 빠진 교양 과목이라고 우습게 여겼던 주제에. 무슨 소질이 있다는 거야…….'

식은 죽 먹기일 줄 알았는데 도저히 상대가 되지 않았다. 학교 성적도 이제까지의 지식도 상식도 여기서는 전혀 통하지 않았다.

"그렇게 금방 외워 버렸다면 오히려 깜짝 놀랐을 거야."

위로하듯 말하며 미소 짓는 다케다 아주머니의 단아한 모습이 어쩐지 손이 닿지 않는 저 먼 곳에 있는 것처럼 느껴졌다.

'언젠가 이 사람처럼 흐르는 듯한 데마에를 할 수 있게 되는 날이 올까?'

그때부터 '다케다 아주머니'는 '다케다 선생님'이 되었다. 그리고 눈에서 비늘이 한 겹 벗겨지듯 깨달음이 찾아왔다.

다도를 얕잡아 봐서는 안 돼. 처음으로 되돌아가서 다시 배우는 거야.

무언가를 배운다는 것은 상대방 앞에서 아무것도 모르는 '제로' 상태의 자신을 드러내 보이는 일이다. 그런데도 나는 거추장스러운 짐을 진 채 이 자리에 있었다. 마음 한 구석에서 '이 정도쯤이야', '난 잘할 수 있어' 하는 태도를 취하고 있었다. 얼마나 교만한 태도였는지.

시시한 자존심 따위는 거추장스러운 방해물에 지나지 않는다. 짐을 버리고 텅 빈 상태가 되어야 했다. 비우지 않으면 아무것도 채울 수 없다.

마음을 고쳐먹고 처음부터 다시 시작해야 해.

진심으로 그렇게 생각했다.

"나는 아무것도 모른다."

2장

머리로 생각하려 하지 않는다

익히기보다 익숙해지자

다도 연습은 계속 되풀이되었다.

"먼저 인사를 합니다. 한 박자 쉬고, 코보시를 무릎 쪽으로 가져오세요."

"코보시……?"

시선이 바닥을 헤맨다. 좀처럼 도구 이름을 외울 수가 없었다.

"네 왼쪽에 있는 거야."

코보시라는 건 헹군 물을 버리는 그릇이었다.

"다완을 자기 앞쪽에 두고 나츠메를 무릎과 다완 사이에 놓습니다."

무심코 나츠메의 측면을 잡았다.

"아, 그렇게 하면 안 돼. 나츠메는 이렇게 잡는 거야."

선생님은 나츠메의 오른쪽 위에서부터 비스듬히, 부드럽게 손을 대고 시범을 보였다.

"이것을 '반달 잡기'라고 합니다. 자, 다음은 후쿠사 다루는 법."

선생님이 말하는 대로 역삼각형 모양이 되도록 반으로

접은 후쿠사를 '팡!' 소리가 나게 양쪽으로 잡아당겨 치리우 치를 한 다음 다시 조그맣게 접었다.

"접은 후쿠사로 'こ' 자를 그리듯이 나츠메 위를 닦습니다."

나는 그저 선생님의 지시를 따라 도구를 오른쪽에서 왼쪽으로 움직이고, 닦고, 뚜껑을 여닫기만 했다. 선생님 말대로만 움직이고 있을 뿐, 내가 지금 뭘 하고 있는 건지는 전혀 알 수 없었다.

세 번을 해도 다섯 번을 해도 열 번을 해도 마찬가지였다. 매번 똑같은 지시를 들으면서 도구를 오른쪽에서 왼쪽으로 움직이고, 닦고, 뚜껑을 열고 닫았다.

"나츠메 잡는 법이 또 틀렸어. 반달 모양으로 잡아야지."

"거기서 먼저 오른손으로 잡고 그다음에 왼손으로 옮기는 거야."

매번 수십 가지씩 지적을 당하곤 했다.

연습이 끝나고 집에 갈 때면 미치코와 찻집에 마주 앉아 투덜거렸다.

"내가 뭘 하고 있는 건지 전혀 모르겠어!"

"나도 처음이랑 하나도 달라진 게 없는 것 같아. 순서도 전혀 못 외우겠고."

"내 말이. 몇 번을 해도 처음 했을 때랑 똑같아."

다케다 선생님은 매주 같은 말을 반복했다.

"연습은 횟수가 중요해. 한 번이라도 더 횟수를 늘리는 거야. 익힌다기보다 익숙해진다고들 하지."

"자, 거기서 인사. 한 박자 쉬고. 그리고 코보시를 앞쪽으로 가져옵니다. 그다음에는 다완, 그다음이 나츠메…… 좋아. 이번엔 후쿠사를 다룰 차례야."

열다섯 번, 스무 번을 되풀이했다. 이제 코보시나 다완, 차샤쿠茶杓● 같은 낯선 이름에 당황하며 헤매지는 않지만 여전히 내가 뭘 하고 있는 건지는 알 수 없었다.

후쿠사를 접고 나면 그대로 얼음이 되었다.

"노리코, 그 후쿠사로 뭘 해야 하지?"

"……."

"나츠메를 닦는 거야."

히샤쿠를 손에 들고서 다시 얼음이 된다.

"어머, 그 히샤쿠를 가지고 뭘 하려는 거야?"

"……."

"가마 뚜껑을 열어야 뜨거운 물을 뜰 수 있지 않겠니?"

선생님이 하나하나 지시하지 않으면 움직일 수 없었다. 이대로는 아무리 시간이 지나도 처음 하는 것이나 다름없었다.

"음, 그러니까……. 코보시, 다완, 나츠메, 그다음이 음,

● 말차를 떠낼 때 쓰는 긴 찻숟가락 같은 도구

후쿠사……."

어떻게든 데마에를 기억해 보려고, 손가락을 꼽으며 순서를 외우려 했다.

"아, 외우면 안 돼!"

그러자 선생님에게 바로 제지당했다.

"그렇게 머리로 외우면 안 돼. 다도는 그냥 한 번이라도 더 많이 연습해 보는 거야. 그러다 보면 손이 저절로 움직이게 되는 법이니까."

대체 무슨 말을 하는 걸까? 그렇게 실컷 지적해 놓고 외우지 말라니 말도 안 되는 소리였다. 이렇게 복잡하고 까다로운 동작들을 순서도 외우지 않고 기억할 수 있을 리 없잖아.

매주 바뀌는 도구

선생님은 우리를 더 큰 고민에 빠뜨리곤 했다.

다도 수업에 갈 때마다 미즈야에 처음 보는 낯선 도구가 준비되어 있었던 것이다.

"이 다기는 'ㄷ' 자가 아니라 '二' 자로 닦는 거야."

"이 물 항아리에는 접이식 덮개가 달려 있단다."

처음 보는 도구에는 반드시 한 가지씩 주의할 점이 있었다. 도구를 장식해 두는 선반도 등장했다. 둥근 선반, 네모난 선반, 서랍 달린 선반 등 여러 가지 형태가 있는데 각각 다른 방식으로 다루어야 했다.

아직 기본적인 순서도 소화하지 못했는데 매번 다른 도구에 맞춰서 데마에를 해야 했다. 새 도구를 볼 때마다 '또야?' 싶어서 한숨이 나왔다.

도저히 기억할 수 있는 양이 아니었다. 어느 날은 수업 도중에 메모를 하려고 했다. 그러자마자 야단을 맞았다.

"안 돼! 다도 중에 메모 같은 걸 하면 못써!"

열심히 하는 모습이 훌륭하다고 칭찬받기는커녕 왜 혼이 나야 하는 건지 모르겠다. 나는 어리둥절했다. 하나부터 열까지 학교와는 달랐다.

"있잖아, 미치코. 데마에를 완벽하게 외울 수 있을 때까지 3년이든 4년이든 계속 같은 도구로 연습하면 좋을 것 같지 않아?"

"내 생각도 그래. 선생님은 왜 매주 도구를 바꾸는 걸까?"

"내가 다도 선생님이라면 학생들이 기본을 완벽하게 익힐 때까지 계속 똑같은 도구로 연습하게 할 텐데……."

스무 번을 반복하고, 스물다섯 번을 되풀이했다.

내가 하고 있는 것이 무엇인지 조금도 이해하지 못한 채 세 달이 지나 8월이 되었고, 다도 수업은 한 달간의 여름방학에 들어갔다. 나는 방학 동안 후쿠사를 꺼내 보지도 않았고, 미치코는 대학교에서 해외여행을 갔다. 9월이 되어도 미치코는 돌아오지 않았다. 한 달 만에 다도 수업이 다시 시작되었을 때 나는 혼자였다.

'싫다. 완전히 처음으로 돌아갔을지도 몰라.'

날은 아직 더웠다. 선생님 집까지 걸어가는 동안 땀투성이가 되고 말았다.

다케다 선생님의 집에는 에어컨이 없었다. 대신 문을 전부 열어 바람이 통하게 하고 있었다. 거리를 달리는 자동차며 자전거 소리, 길에 서서 이야기 나누는 사람들의 목소리가 들려오고 정원에서는 유지매미가 맴맴 울고 있었다.

오랜만에 가마 앞에 앉았다.

"자, 인사하겠습니다. 거기서 한 박자 쉬고 코보시를 앞으로 가져오세요. 다완을 앞에 놓고 그다음은 나츠메."

한 달 전과 똑같은 대사를 들으면서 묵묵히 손을 움직였다. 땀방울이 등줄기를 따라 흐르고 다리가 저려 왔다.

그런데 데마에가 끝날 때쯤 되자 이상한 일이 일어났다.

"그러고 나서 코보시를 밀어 놓습니다."

선생님의 말을 따라 헹군 물을 담아 둔 코보시를 뒤쪽으로 밀어 놓았더니, 그 손이 저절로 허리춤으로 가서 후쿠사를 꺼내 들었다.

아…….

손이 저절로 움직였다. 다음에 뭘 해야 할지 생각하지도 않았는데 멋대로 손이 움직였다.

물 항아리에서 가마를 향해, 히샤쿠가 보이지 않는 선로를 타고 움직이는 것처럼 곡선을 그리며 이동했다. 가마 뚜껑을 닫자 시선이 저절로 아직 열려 있는 물 항아리로 향하고 손이 멋대로 물 항아리의 뚜껑을 향해 움직였다.

선생님이 가볍게 고개를 끄덕였다.

갑작스러웠다. 아무 생각도 하지 않았는데 손이 움직였다. 마치 무언가에 조종당하는 것 같았다. 하지만 어쩐지 기분이 좋았다.

'그 이상한 느낌은 뭐였을까?'

그다음 주가 되자 해외여행에서 막 돌아온 미치코가 미

즈아에서 나를 부르며 햇볕에 그을린 얼굴을 가까이 했다.

"노리코, 여름방학 때 혼자서 연습한 거 아니지?"

"에이, 그럴 리가."

"진짜지? 난 후쿠사 다루는 법도 다 잊어버린 것 같아."

미치코는 불안한 얼굴로 물 항아리를 든 채 다도실로 향했다. 미치코의 데마에를 보고 이번엔 내가 깜짝 놀랐다. 히샤쿠를 준비하는 것 같더니 손이 기억하고 있다는 듯이 후쿠사를 집어 들고 그 후쿠사로 가마의 뚜껑을 연다. 뜨거운 물을 따르는 것 같더니 다음에는 차선으로 손을 뻗는다.

"그렇구나!"

작은 동작 하나하나를 정확히 반복하는 과정을 통해 수많은 '점点'을 찍는다. 그 점과 점이 가득 모여서 '선線'을 이룬다.

우리의 데마에点前는 곳곳에서 선으로 이어지기 시작하고 있었다.

손을 믿으렴

그러나 그리 순조롭게 하나의 선이 되지는 않았다.

흐름은 늘 끊어지곤 했다. 데마에 중에 앗, 하고 소리를 내고 만다. 갑작스럽게 불안감이 밀려든다. 한 번 미심쩍은 부분이 생기면 나도 모르게 다시 생각을 하기 시작한다.

'그러니까, 이렇게 한 다음 이렇게 해서……'

그러면 선생님은 고개를 가로저었다.

"생각하지 마. 생각하면 안 돼."

"노리코는 늘 그렇게 머리로 생각하려고 해. 머리로 생각하지 마. 손이 알고 있으니까 손한테 물어보도록 하렴."

'손한테 물어보라고 해도 말이죠……'

그런데 어떻게 된 일인지 스스로도 믿기지 않을 만큼 데마에를 척척 해낸 날이 있었다. 왜 그런지는 나도 잘 모르겠다. 그냥 자연스럽게, 무리 없이 데마에를 마쳤다.

다케다 선생님이 빙긋 웃었다.

"그것 보렴. 머리로 생각하지 않으니까 되잖니. 좀 더 자신의 손을 믿도록 해."

3장

지금 이 순간에 집중하다

갑작스러운 변화

한 줄의 선으로 이어지고 있던 데마에를 갑자기 바꿔야 하는 날이 찾아왔다.

차를 배우기 시작하고 여섯 달이 지나 그해 11월이 되었을 때였다. 여느 때처럼 수업을 들으러 와서 다실로 들어가려 한 순간 '뭐지?' 하는 생각이 들었다. 어딘가 평소와 달랐다.

방 안에 이로리*처럼 생긴 바둑판 크기의 구멍이 나 있었다. 다다미 한쪽이 사각으로 비워져 있는 것이다. 그 네모난 구멍에 사진틀처럼 생긴 검은 테가 둘러져 있고, 그 밑에서 가마가 뚜껑 아래까지 잠긴 채 하얀 김을 훅훅 내뿜고 있었다.

미치코와 나는 별안간 등장한 구멍을 바라보고 있었다.

"자, 자, 오늘부터 화로를 쓸 거야."

그 구멍을 '화로'라고 부른다. 다실 마루 밑에는 원래부

• 실내 바닥을 네모난 모양으로 도려낸 다음 불을 지필 수 있게 장치한 공간

터 네모 모양으로 화로를 위한 공간이 비워져 있다. 여름에는 그 위에 일반 다다미를 깔아 두기 때문에 보이지 않지만, 11월 초순 입동立冬이 다가오면 사각형 구멍이 있는 다다미로 바꾸고 화로를 개시한다.

"화로를 개시하는 시기를 다인의 정월이라고 할 정도니까 말야."

선생님은 활기가 넘쳤고 방 안의 분위기도 한층 고조되어 있었다.

'아직 11월인데 왜 정월이라고 하는 거지?'

미즈야 쪽을 보자 진열해 놓은 도구도 어딘지 모르게 달라진 모습이었다. 다완도 전에 쓰던 것보다 두꺼운 데다 입구가 좁고 긴 것으로 바뀌어 있었다.

"한겨울처럼 추운 계절이 되면 뜨거운 물이 식지 않도록 츠츠자완이라고 하는 입구가 좁고 긴 형태의 찻잔을 사용한단다."

그러고 보니 한여름에는 히라차완이라고 해서 전등갓을 위쪽을 향해 뒤집어 놓은 것처럼 얕고 입구가 넓은 개방적인 형태의 다완을 사용했던 기억이 난다.

"그럼 데마에를 시작하겠습니다."

"네, 잘 부탁드립니다."

나는 평소처럼 다다미 위를 걸어 늘 앉던 곳에 정좌했다. 코보시에 걸쳐 두었던 히샤쿠를 살짝 들어 올리고 대나

무로 만든 후타오키蓋置き●를 꺼낸다. 그 후타오키를 평소와 같은 장소에 놓으려고 했을 때였다.

"자! 거기서 그대로 화로 쪽으로 몸을 돌려 보렴."

"네?"

"후타오키를 든 채로 이쪽을 향해 앉는 거야. 여기가 노리코의 정면이 되도록 말야."

선생님은 화로 구멍의 모서리를 손으로 가리켰다.

선생님 말대로 화로 모서리 쪽을 향해 몸을 돌렸더니 다다미의 대각선 방향으로 앉게 되었다. 앞을 보는 것도 옆을 보는 것도 아니고 어정쩡하게 45도 각도로 앉아 있자니 아무래도 기분이 좀 이상했다.

"화로를 쓰게 되었으니 앞으로는 항상 대각선으로 앉아서 데마에를 하겠습니다."

앉는 법만 달라진 것이 아니었다.

"화로를 쓰게 되었으니 후타오키는 이쪽에 두겠습니다."

"아, 노리코. 화로가 있으니까 다기와 차선은 이쪽에 놓는 거야."

"화로가 있으니까 앞으로는 다완도 이쪽에 두도록 하렴."

도구 배치도 완전히 바뀌었다. 그 자리에 있어야 할 물

● 가마의 뚜껑이나 히샤쿠를 올려놓는 5센티미터 높이의 받침대

건이 없다. 시선이 이리저리 헤맨다. 모든 것이 바뀌어서 뭐가 뭔지 알 수 없게 되었다.

"선생님, 그럼 이제까지 한 데마에는……."

내가 묻자 다케다 선생님은 딱 잘라 말했다.

"그건 여름의 차. 이건 겨울의 차."

"여름인지 겨울인지에 따라 데마에가 달라져요?"

"그렇지."

"그럼 지금까지 배웠던 데마에는……."

"여름의 데마에는 잊어버리렴."

그 말에 아연해지고 말았다.

'그렇게 세세한 부분까지 지적해 놓고, 수십 번 반복해서 겨우 손이 움직이기 시작했는데 이제 와서 잊어버리라니. 대체 왜!'

모처럼 만들기 시작한 물건을 때려 부수는 것 같은 느낌이었다. 이제껏 쌓아 온 것들이 헛수고가 되었다. 머릿속을 엉망진창으로 들쑤시는 기분이 들었다.

'선생님은 왜 일 년 내내 똑같은 데마에를 하지 못하게 하는 걸까?'

"새로운 마음가짐으로 다시 시작하렴. 화로를 쓰게 되었으니까 화로의 데마에에 집중하는 거야."

의문과 혼란 속에서 좋든 싫든 결국 '겨울의 차'를 시작하게 되었다.

겨울의 차

　다시 원점으로 돌아가 새롭게 출발했다. 선생님의 지시에 따라 도구를 오른쪽에서 왼쪽으로 옮기고, 뜨거운 물을 따르고, 뚜껑을 열고 닫았다.

　"히샤쿠는 아래쪽을 향하게 들고 가마 입구에 내려놓는 거야. ……그게 아니야, 걸쳐 놓는 게 아니라 떨어뜨리듯이 내려놓는 거야."

　"어머나, 노리코. 히샤쿠 손잡이를 화로 테두리 3분의 1 지점에 걸쳐 놓은 거 맞니?"

　"어딜 보는 거니? 차건은 이쪽에 있잖니."

　여름의 차와는 다른 순서와 주의 사항들이 '이래도? 이래도?' 하면서 계속 밀려들어 왔다.

　거기에 익숙해지는 것만으로도 벅찼다. 예전에 배웠던 것들은 순식간에 머릿속에서 사라졌다. 잊어버리지 않고서는 지금 배우는 내용을 따라갈 수가 없었다.

　다섯 번, 열 번, 열다섯 번, 그저 선생님이 시키는 대로 계속 반복했다.

　집으로 돌아오는 길, 코트에 장갑 차림으로 미치코와 나란히 걸었다.

"오늘도 엄청 틀렸어."

"나도 엉망진창이었어."

우리 둘 다 하얀 한숨을 내쉬었다.

그런 일이 계속되다 보니 토요일이 되면 이런 생각이 들었다.

'아아, 오늘 다도 수업 가기 싫어. 그냥 핑계 대고 빠져버릴까.'

그러다 마지못해 수업에 가면 석유난로가 놓인 미즈야에서 매주 새 도구가 기다리고 있었다.

"이건 히라나츠메●라고 해서 손바닥으로 이렇게 받치고 닦는 거야."

"츠츠자완은 이렇게 닦으렴."

"이런 선반을 쓸 때는 앉자마자 부젓가락을 먼저 꺼내도록 해."

또다시 처음 보는 도구며 선반이 차례차례 등장했다.

복잡하니까 자꾸만 틀리게 된다. 실수하지 않을 때는 데마에에 몰두할 수 있었다. 그러면 아무 생각도 하지 않는 진공 상태 같은 몇 초가 찾아왔다. 그럴 때면 한순간 모든

● 일반 나츠메보다 좀 더 납작하게 생긴 나츠메

것에서 분리되어 있는 듯한 기분 좋은 감각을 느끼게 된다. 그런 날에는 억지로 왔다는 사실조차 까맣게 잊고 상쾌한 기분이 되어 집으로 돌아간다.

처음에는 불편했던 앞도 옆도 아닌 45도 대각선으로 앉는 것에도 어느새 위화감을 느끼지 않게 되었다. 있어야 할 물건이 그 자리에 없어서 두리번거리거나 엉뚱한 곳에 손을 뻗다가 '아, 여기가 아니구나.' 하면서 손을 거두어들이지도 않게 되었다. 일단 익숙해지자 그것이 당연하게 여겨졌다.

데마에가 한차례 끝나고 장지문을 열 때마다 복도의 서늘한 공기가 흘러 들어와 무심코 몸을 움츠렸다. 장지문의 종이 한 장이 얼마나 보온 효과가 있는지 처음으로 실감하게 된 겨울이었다.

여름의 차

다도를 시작하고 꼭 일 년이 지나, 나와 미치코는 대학교 4학년이 되었다. 벚꽃이 지고 새로 돋아난 나뭇잎들이 일제히 반짝이기 시작하자 스웨터가 필요 없는 계절이 되었다. 5월 황금연휴, 나는 졸업논문 세미나 수업을 같이 듣는 친구와 여행을 떠났고 미치코는 본가로 돌아갔다.

연휴가 끝나고 다도 수업에 가자 화로가 사라져 있었다. 5월 상순에 입하立夏가 다가오면 화로를 닫고 다다미를 바꾼다.

"자, 풍로가 다시 돌아왔어. 오늘부터 여름의 차를 시작할 거란다."

가마는 방 한쪽 구석에 놓여 있었다. 숯불이 보이지 않는다. 어쩐지 불의 온기가 아득히 멀어진 느낌이었다.

불이 멀어지면서 교대하듯 물이 가까워졌다. 해바라기처럼 선명한 노란색에 입구가 넓고 납작하게 생긴 물 항아리가 다다미 위에 떡하니 자리 잡고 있었다.

"그럼 시작하겠습니다."

"네. 잘 부탁드립니다."

 늘 하듯이 코보시와 후타오키를 꺼내고 45도 각도로 앉은 순간, 나는 얼음이 되었다.

 "아!"

 그렇다. 이제 화로는 없다.

 "어딜 보고 앉는 거니? 후후, 그새 잊어버렸구나."

 "……."

 다시 백지 상태가 되었다. 반년 전까지 해 왔던 것들이 기억나지 않는다.

 "앞을 향해 앉는 거야. 후타오키는 가마 옆, 그 구석에 두는 거잖니? 히샤쿠는 그쪽에 놓고. 그리고 인사해야지. ……자, 한 호흡 쉬고 코보시를 앞으로 가져오렴."

 하나하나 지시를 받으며 로봇처럼 뻣뻣하게 움직이다 보니 정말 모든 것이 처음인 것 같은 기분이었다.

 우리는 다시 원점으로 돌아가 있었다. 반년 전에 배운 것들이 하나도 남아 있지 않다는 허탈감과 겨우 익숙해진 화로의 데마에를 떠나보내야 한다는 저항감에 또다시 혼란스러워졌다.

 '왜 똑같은 걸 계속하면 안 되는 거야?'

 마치 조약돌로 탑을 쌓으면 도깨비들이 와서 무너뜨리고 다시 쌓으면 또 무너뜨린다는 삼도천 이야기 같았다.

 다케다 선생님은 그런 우리의 당혹감을 아는지 모르는지 이렇게 말했다.

"풍로를 쓰게 되었으니까 제대로 풍로의 데마에를 하는
거야. 화로는 잊도록 해."

결코 멈춰 서 있을 수는 없었다. 지나간 과거에 매달리
는 건 허락되지 않았다.

"자, 새로운 기분으로 시작하는 거야. 지금 눈앞에 닥친
일을 하도록 해. 지금 이 순간에 마음을 집중하는 거야."

4장
~~~~~~

보고 느끼다

정주와 손님

    나와 미치코는 언제나 교대로 '정주亭主'와 '손님'이 되었다. 정주가 데마에를 하면 손님이 그 차를 마신다. 정주일 때는 데마에에서 실수하지 않으려고 긴장하지만 손님이 되면 마음이 놓여서 긴장감이 사라지곤 한다.

    과자를 먹으며 차가 나오기를 멍하니 기다리고 있으니 선생님이 한마디 했다.

    "자, 자, 제대로 정주의 데마에를 지켜봐야지."

    미치코가 차선의 상태를 확인하고 있었다. 따뜻한 물에서 살살 젓던 차선을 빙그르르 돌리듯 들어 올리면서 차선 끝이 꺾이지 않았는지 살펴본다. 그 가지런히 모은 손가락이 쭉 뻗은 팔꿈치와 일직선을 이루고 있었다.

    다완을 수평으로 든 채 가장자리에 하얀 차건을 걸치고 크게 세 번 돌려 가며 닦는다. 가는 손목이 야무지게 움직인다. 똑같은 절차대로 하고 있는데도 신기하게 동작 하나하나에서 미치코다운 진중함이 느껴졌다.

    "다른 사람의 데마에를 보면서 여러 가지를 느껴 보렴. 이런 부분이 아름답다든지 말이야. 보고 느끼는 것도 중요한 공부란다."

선생님은 그렇게 말했다.

그러고 보면 우리는 다케다 선생님의 데마에를 본 적이 없었다.

물론 첫날 차를 만들어 주셨지만 그때는 데마에를 전혀 몰랐기 때문에 뭐가 뭔지 알 수 없었다. 다만 움직임이 하나로 이어져, 마치 춤추는 듯했던 기억만 남아 있다.

후쿠사 다루는 법이나 차선 확인하는 법을 배울 때는 선생님이 하나하나 시범을 보여 주었지만, 그 뒤로는 이렇게 저렇게 하라고 말로만 지시했다.

우리가 다시 다케다 선생님의 데마에를 보게 된 것은 학생들 전원이 모이는 1월의 '새해 첫 다회' 자리에서였다.

080

새해 첫 다회

'새해 첫 다회'는 신년을 맞이하고 처음 열리는 다도 수업을 말하는데, 실제로는 평소 수업 때 하듯이 데마에를 연습하지는 않는다. 선생님과 학생 전원이 모여 새해 인사를 나누고 오세치 요리*를 먹고, 그다음에 선생님의 데마에로 만든 차를 대접받는다. 다시 말해 새해를 시작할 때 하는 의식이다.

나와 미치코는 특별히 기모노를 차려입고 정오 전에 만나 선생님의 집으로 향했다. 평소처럼 인사하고 현관으로 들어서자 안쪽은 쥐 죽은 듯이 조용했다. 물에 젖은 현관 바닥에 조리 여러 켤레가 나란히 놓여 있었다.

목요일 수업을 듣는 다섯 명의 부인들은 이미 모여 있었다. 작게 소곤거리는 소리가 들리더니 청자색 기모노에 진한 귤색 오비를 두른 중년 여성이 이쪽을 보고는 살며시 인사했다. 평소와 달리 격식 차린 분위기에 우리는 그만 얼

* 연말에 미리 만들어 두고 새해 명절에 먹는 찬요리

어붙고 말았다.

새해 첫 다회가 열리는 다도실은 새로 꺼낸 하얀 시트처럼 깨끗하고 환한 느낌이었다. 도코노마의 기둥에는 짙푸른 대나무 꽃병이 걸려 있었는데, 붉고 흰 동백꽃 봉오리 두 송이에 큰 원 모양으로 살짝 묶은 긴 버드나무 가지가 대담하게 드리워져 있었다. 족자에는 '학춤'이라든지 '천년' 같은 글자가 쓰여 있었다. 도코노마 정중앙에는 나무를 깎아 만든 받침대 위에 황금색의 작은 쌀가마니 세 개가 쌓여 있었다.

'이게 일본의 정월이라는 건가.'

늘 데마에를 하던 장소로 눈길을 돌렸다. 그리고 그곳에 장식된 다도구에 시선을 빼앗기고 말았다. 시야가 탁 트인 커다란 선반, 겨울의 청아한 흰 빛 속에서 까맣게 반들반들 윤이 나는 나츠메, 그리고 금박을 덧입힌 화로 테두리.

검은 옻칠은 어쩜 이렇게 어른스러운 느낌일까.

유백색의 물 항아리에 그려진 터키블루색 학. 부젓가락 끝에 달린 자그마한 솔방울 장식.

전통이란 낡고 케케묵은 것이라고 생각했는데 그렇지 않았다. 진짜 전통은 현대적이고 참신한 것이었다. 나는 자포니즘을 동경한 100년 전 프랑스인의 눈으로 일본이라는 이국을 바라보고 있었다.

다케다 선생님은 옷단에 무늬가 있는 옅은 크림색 기모

노를 입고 다다미에 두 손을 얹었다.

"여러분, 새해 복 많이 받으세요. 새해에도 아무쪼록 잘 부탁드립니다. 올 한 해도 열심히 정진해 주세요."

우리도 부채를 앞에 놓고 입을 모아 인사하며 머리를 숙였다.

"올해도 많은 지도 편달 부탁드립니다."

인사가 끝나자 선생님은 말했다.

"그럼 제가 데마에를 하겠습니다. 잘 지켜봐 주세요. 저도 틀릴 때가 있으니까요. 평소엔 여러분을 지적하고 있지만, 저도 말만 그렇지 실제로는 잘 못한답니다."

웃음이 터지고 분위기가 누그러졌다. 선생님은 미즈야로 사라졌다.

선생님의 절

일곱 명의 학생들이 선생님의 등장을 조용히 기다리고 있었다.

선생님이 새해 첫 다회에서 선보이는 것은 '진한 차 데마에'였다. 연한 차를 카푸치노라고 한다면 진한 차는 에스프레소라고 할 수 있는데, 사용하는 말차 종류도 다르고 데마에도 상급으로 바뀐다. 연한 차는 한 사람당 한 잔씩 마시지만, 진한 차는 다완 하나에 한꺼번에 타서 모두가 조금씩 돌려 가며 마신다.

장지문이 열렸다.

선생님은 양손을 무릎 앞에 가지런히 모으고 우리들을 똑바로 바라보며 자연스럽게 스윽 머리를 숙이고 잠시 멈추었다가 서서히 고개를 들었다.

그것뿐이었다. 하지만 충격적이었다.

새가 아주 잠시 몸을 작게 움츠렸다가 다시 날개를 펴고 원래대로 돌아가는 동작을 취할 때가 있다. 그 움직임과 비슷했다.

선생님은 지금 우리에게 '경의'를 표했다. 겸허하고 신중하게, 그러면서도 비굴한 느낌은 없었다.

절을 한다는 것은 그저 머리를 숙이는 것이 아니었다. 머리를 숙이는 단순한 움직임에 모든 것이 포함되어 있었다. '형태' 그 자체가 '마음'이었다. 아니, '마음'이 '형태'가 되어 있었다.

이런 것이었구나.

이제까지 몇 번이나 다케다 선생님이 절하는 모습을 봐 왔지만, 그때 처음으로 엄마가 말했던 '결이 다르다'는 말의 의미를 알게 되었다.

선생님의 진한 차 데마에

선생님은 안쪽이 각각 금색과 은색인 다완을 두 개 겹쳐 들고 똑바로 일어나 걸었다. 흰 버선을 신은 발이 다다미 위를 부드럽게 스치고 지나간다. 그 모습이 무대 앞으로 나아가는 배우의 걸음걸이와 비슷했다.

"······."

모두가 바라보는 가운데 선생님은 천천히 한 호흡을 쉰 다음 데마에를 시작했다. 코보시를 가져오고, 다완을 앞에 놓고, 평소에 우리를 지도할 때와 같은 동작을 하나하나 해나간다.

차이레茶入れ*가 들어 있는 아름다운 비단 주머니를 무릎 앞에 놓고 묶여 있던 끈을 조심스럽게 푼다.

선생님의 손은 부엌일로 거칠어진 주부의 손이었지만 손가락의 움직임은 유연하고 매끄러웠다. 주머니의 입구를 느슨히 열고 양쪽 어깨를 풀어헤친 뒤 살며시 차이레를 꺼

* 말차를 담는 찻그릇. 연한 차에는 나츠메, 진한 차에는 차이레를 사용한다

낸다. 마치 사람의 옷을 벗기는 듯했다.

후쿠사 다루는 법도 느릿하고 정중해, 어딘가 미묘하게 리듬이 있었다.

소재도 크기도 완전히 똑같은 천 조각인데도 선생님이 접은 후쿠사는 수플레처럼 폭신폭신해 보였다.

폭신하게 접은 후쿠사의 바깥쪽 부분으로 차이레의 뚜껑을 살며시 'ㄷ'자로 닦고, 그대로 차이레의 어깨 부분에서 한 박자 멈추는가 싶더니 가만히 닦아 내린다. 그 동작이 나긋나긋했다. 동작 하나하나에서 뭐라 말할 수 없는 부드러움이 느껴졌다.

"……."

모두의 시선이 세세한 것 하나까지 놓치지 않겠다는 듯 선생님의 손끝에 집중되어 있었다. 그러나 어디를 어떻게 봐도 특별한 동작을 더한 것은 아니었다.

어떤 버릇도 눈에 띄는 화려한 기교도 없이, 더하지도 빼지도 않고 평소 가르치는 그대로 자연스럽고 담백하게 해 나갈 뿐이었다.

'대체 뭐가 다른 거지?'

산속에서 솟아나는 깨끗한 물은 유리처럼 무색투명해서 아무런 냄새도 특징도 없고, 목에 걸리는 느낌 없이 우리 몸에 산뜻하게 스며든다고 한다. 아무것도 더하지 않고 아무것도 빼지 않은, 그런 '물' 같은 데마에였다.

대담하고 여유롭게 움직일 때도 있고 가볍고 경쾌하게 움직일 때도 있었다.

데마에의 흐름 곳곳에서 쉼표와 마침표처럼 톡, 하고 히샤쿠며 차선을 내려놓는 소리가 났다.

진한 차에 뜨거운 물을 붓고 차선으로 젓기 시작한다. 처음에는 차와 뜨거운 물이 잘 어우러지도록 느릿하게. 이윽고 차선의 움직임에 리듬이 생기고 이따금씩 그 안에 다른 리듬이 섞여 들어가면서 서서히 어느 한 점을 향해 높아진다. 그리고 마지막에는 '*の*ノ' 자를 그리며 천천히 차선을 끌어올린다.

학생들 사이에서 후우, 하고 한숨이 새어 나왔다.

선생님의 손끝을 따라가다 보니 왠지 머릿속이 상쾌해졌다. 음악을 눈으로 듣고 있는 것 같았다.

그런데도 선생님은 너무도 자연스럽게, 지극히 당연하다는 듯이 말차에 뜨거운 물을 붓고 차를 타고 있을 뿐이었다.

"잘 보렴. 보고 느끼는 것이 공부란다."

선생님이 늘 하던 말처럼 그 데마에에는 순서를 틀리지 않는 것 이상의 무언가가 있었다. 정해진 규칙을 따르고 있는 데마에가 어쩐지 오래 입어 익숙해진 옷처럼 보였다.

선생님이 옷을 입고 있는 것이 아니라, 옷이 선생님의 몸을 감싸고 있는 것처럼.

5장

진짜를 경험하다

다회

다도를 배우기 시작한 이듬해 3월, 선생님이 말했다.

"이번에 다회茶會가 있는데 가 보지 않겠니? 가끔은 밖에 나가서 공부해 보자꾸나."

"다회요?"

그날 집에 가는 길에 미치코와 나는 사교계 견학이라도 하는 것처럼 흥분해서 상상의 나래를 펼쳤다.

"분명히 붉은 카펫이 깔려 있고 거문고 연주가 들려올 거야."

"일본식 정원을 산책하는 우아한 기모노 차림의 여인들! 《세설》*에 나오는 세계일 것 같아."

"역시 오호호호, 하면서 웃으려나?"

"여자들의 허영심 경쟁도 있을 것 같지 않아?"

"있을걸. 틀림없이 빙긋 웃으면서 대놓고 싫은 소리를 할 거야."

---

* 일본의 탐미주의 작가 다니자키 준이치로의 대표작으로 1930년대 오사카를 배경으로 네 자매의 일상을 그린 장편소설

"와, 경쟁해야 비로소 꽃이라는 말 그대로네."

우리는 다회라는 말만 듣고도 화려하고 속물적이고 심술궂은, 지극히 통속적인 이미지를 떠올렸다. 하지만 한편으론 그런 흔히 떠올릴 수 있는 이미지와는 전혀 다를 것 같다는 생각도 했다.

다회 당일 우리는 평소와 달리 일찍 일어나, 선생님 손에 이끌려 요코하마 혼모쿠에 있는 산케이엔이라는 곳으로 향했다.

다인의 아침은 이르다. 입장 시간인 아홉 시가 되려면 아직 한참 남았는데 산케이엔 앞은 이미 사람들로 가득했다. 전국에 있는 기모노 차림의 여자들은 다 모인 게 아닌가 싶을 정도였다.

대부분이 중년 아니면 노년의 여성이었다. 남자라고는 칠십 대로 보이는 사람이 한두 명 있었을 뿐이고, 몇 안 되는 이십 대 초반의 아가씨들은 다들 우리와 마찬가지로 선생님으로 보이는 기모노 차림에 관록이 느껴지는 사람 뒤를 따라 걷고 있었다.

문이 열리길 기다리는 동안 선생님들끼리 여기저기서 인사를 나누기 시작했다. 어째선지 목소리를 조금 낮추어 이야기한다.

"호호, 아침 일찍부터 오셨네요."

"오늘 잘 부탁드립니다. 호호, 날씨가 좋아서 다행이네요."

"정말요. 날씨가 좋은 게 무엇보다도 감사하지요."

호호, 하는 웃음소리인지 뭔지 모를 불가사의한 감탄사가 여기저기에서 난무하고 있었다.

"오늘은 어느 자리부터 돌 생각이에요?"

"어떻게 할까요. 전부 다 돌려면 잘 생각해야 할 텐데 말이에요."

"전부 도는 건 무리예요. 각자 흩어져서 자리를 맡지 않으면 힘들어요."

"호호, 그럼 서로 잘해 보아요."

"호호, 그럼 나중에 뵈어요."

아주머니들은 뭔가 의욕에 가득 차 있었다. 다케다 선생님도 친구로 보이는 선생님들과 호호거리며 즐겁게 이야기를 나누고 있었다. 나와 미치코는 기세에 눌려서 한 걸음 물러나 있었다.

긴 행렬

오전 아홉 시, 문이 열리고 기모노 차림의 여자들이 줄지어 안으로 들어갔다. 우리도 개미 행렬처럼 앞사람 꽁무니를 쫓아 울퉁불퉁한 자갈길을 걸으며 '내원'이라고 하는 정원 안쪽으로 들어갔다.

산케이엔은 메이지 시대의 대상이 만든 거대한 일본 정원이었는데, 다양한 크기의 오래된 다실이 점점이 흩어져 있었다.

이번 다회는 다도 선생님들의 모임이 주최하여 회장을 빌리고 정원 안 다섯 곳에 다석茶席을 열었다. 각 다석은 이번 다회를 담당하게 된 다섯 명의 선생님들이 맡았다. 작은 다실에는 열다섯 명 정도, 큰 다실이면 스무 명이 넘게 들어간다. 열 시부터 다섯 군데에서 일제히 첫 번째 데마에가 시작되고 오후 세 시까지 각각의 다석에서 한 번에 삼십 분씩 데마에를 하게 된다.

'그렇다면 꼭 일찍 일어나지 않고 천천히 와도 될 것 같은데……'

하지만 사람들이 어마어마하게 많았다. 우리가 도착했을

때에는 이미 기모노를 입은 여자들이 다석 앞 복도에 잔뜩 몰려와서 장사진을 이루고 있었다. 아마도 첫 번째 다석 자리를 확보한 맨 앞의 스무 명은 앞다퉈 복도를 전력 질주했을 것이다.

거문고 연주는 없었다. 사교계 같은 느낌도 아니었다. 여자들의 행렬이 이어지는 이 분위기는 다른 무언가와 비슷했다. 그게 뭘까?

'아! 바겐세일이다!'

큰 다실 바깥을 빙 둘러싸고 있는 긴 복도를 두 줄로 선 기모노 차림의 여자들이 가득 메웠다. 행렬은 긴 복도 끝에서 한 번 꺾어지고 그 끝에서 또 한 번 꺾어졌다. 뒤늦게 도착한 우리는 행렬 중간쯤에 있어서 한 시간 넘게 기다려야 했다.

가끔씩 화장실에 가는 사람이 "죄송합니다. 잠시 지나갈게요." 하면서 사람들 사이를 헤치고 지나갔다. 그때마다 복도가 복작거렸다.

"굉장하지? 너희들 많이 놀랐니?"

다케다 선생님이 쓴웃음을 지었다.

"옛날에 내가 처음 다회에 왔을 때는 말이지, 혼잡한 틈을 타서 다실 창문으로 넘어가는 사람도 있었단다. 명색이 다인이라는 사람이 말이야. 정말 실망스러운 모습이었지."

첫 번째 다석이 준비되자 장지문이 열리고 복숭아색 바

림의 잔무늬 기모노를 입은 이십 대 여성이 절을 하며 말했다.

"자, 들어오세요."

선두에 있던 스무 명이 뒷사람들을 향해서 "먼저 실례하겠습니다." 하고 입을 모아 인사하고 한 사람씩 차례로 다실 안으로 들어갔다.

잠시 후 아까 그 여자분이 다시 얼굴을 내밀고 다음 차례인 세 명에게 말을 걸었다.

"세 분 더 들어오시겠어요?"

"어머, 우리 일행은 네 명이에요. 넷이 함께 들어가게 해주세요."

전통 염색 기법으로 물들인 화려한 기모노를 입고 부채와 꽃, 새 문양의 오비를 두른 아주머니가 말했다. 연보랏빛 잠자리 안경을 쓴 모습이 가수 출신 작가인 제임스 미키를 닮았다.

"죄송합니다. 공교롭게도 세 자리밖에 없어서요."

"곤란하네요. 우리는 네 명인걸요. 안 그래요?"

화려한 기모노를 입은 아주머니가 연보랏빛 안경 너머로 일행인 세 명과 눈짓을 주고받았다.

"맞아요. 일행인데 다 같이 들어가야죠."

"넷이 함께 들어가도 되겠죠?"

복숭아색 기모노를 입은 여성은 "다른 손님들이 불편해

하실 수 있어서요." 하면서 버텨 보려고 했지만, 화려한 기모노 일당은 기어이 제지를 무시하고 네 명이서 억지로 밀고 들어가 버렸다.

만원 전철 안에서 좌석 빈틈에 엉덩이를 들이밀고 앉는 모습 같았다. 다실 안쪽에서 "죄송하지만 옆으로 조금씩만 당겨 주세요." 하는 목소리가 들리고 사람들이 술렁거리며 움직이는 기척이 났다.

오요세 다회

그 뒤로도 다회 때마다 이런 광경을 목격했다. 이렇게 많은 사람이 모이는 공개 다회를 '오요세大寄せ 다회'라고 한다. 오요세 다회는 다양한 사람을 볼 수 있는 장소이기도 했다.

한번은 복도에서 순서를 기다리고 있는데 이런 대화가 들려왔다.

"아, 맞다. 요전에 내가 돈을 빌렸었지?"

"어머, 선생님. 안 그러셔도 되는데."

"그냥 넘어가면 안 되지."

나는 무심코 소리가 나는 쪽을 쳐다보았다.

일흔 살쯤 되어 보이는 선생님과 제자인 듯한 사십 대 여성이었다. 선생님은 손가방 속에서 지갑을 꺼내더니 팥색 무지 기모노 품속에서 재빠른 손놀림으로 가이시懷紙*를 꺼냈다. 그러고는 제자에게 직접 보이지 않도록 몸을 돌린

---

* 화과자를 먹을 때 앞 접시 용도로 쓰는 종이

채 돈을 둘둘 감았다. 그 움직임이 어째선지 내 눈길을 끌었다. 선생님은 손가방 안에서 무슨 막대기 같은 것을 꺼내 입에 무는 것 같더니 바로 휙 빼냈다. 그 물건의 정체는 입술연지를 바르는 화장용 붓이었다.

선생님은 뚜껑을 입에 문 채 가이시 꾸러미 위로 슥슥 붓을 달렸다. 그리고 화장용 붓을 가방에 넣고는 제자에게 "정말 고마웠어." 하며 가이시 꾸러미를 두 손으로 건넸다. 가이시 꾸러미 위에 감사하다는 뜻의 붉은 글자가 붓 자국이 남은 채 들쭉날쭉 쓰여 있었다.

그 연배의 여성을 멋지다고 생각한 건 그때가 처음이었다.

또 다른 자리에서 있었던 일이다.

"다음 세 분 들어오세요."

그러자 고상한 녹갈색 점묘법 무늬 기모노에 불룩한 북 모양으로 매듭지은 비단 오비를 두르고 맨 앞에 앉아 있던 육십 대 여성이 돋보기안경을 벗으며 뒤쪽에 있던 우리를 돌아보았다.

"먼저 들어가요. 그쪽은 세 분이죠?"

"그래도……."

순번을 양보하면 그 사람은 다시 삼십 분 이상을 기다려야 했다.

"괜찮아요. 난 책을 가져왔으니까."

그 사람은 고급스러운 캐멀색 무릎담요 위에 펼친 문고본 책을 들어 보이며 빙긋 웃었다.

그러고 보니 그 사람은 계속 혼자서 책을 읽고 있었다. 노안 때문에 읽기가 힘든지 조금 읽다가 고개를 들어 느긋이 정원을 내다보곤 했다. 그 모습이 복도의 시끌벅적함 속에서도 유유히 자신의 세계를 즐기고 있는 것 같아 보였다.

"고맙습니다. 그러면 호의를 받아들여 먼저 실례하겠습니다."

다실 입구에서 다시 한 번 인사하려고 돌아보자, 그 사람은 이미 책과 자신만의 세계로 돌아가 있었다.

정객의 역할

화려한 기모노 일당이 억지로 밀고 들어간 뒤 다실 안은 한동안 술렁이며 움직이는 기척이 나다가 차츰 수그러들었다.

그리고 갑자기 물을 끼얹은 듯한 정적이 찾아왔다.

'아, 데마에가 시작되었구나.'

복도에서 귀를 기울였다. 다다미를 가볍게 스치며 걷는 소리와 후쿠사를 다루는 소리가 들렸다. 고요한 가운데 팡, 하고 치리우치를 하는 소리가 들려왔다.

오요세 다회에서 데마에를 하는 것은 다석을 담당하는 선생님이 아니라 학생이다.

데마에에서는 보통 연한 차를 두 잔 탄다. 첫 잔은 정객正客이라고 해서 맨 앞에 앉아 있는 메인 게스트가 마시고, 다른 한 잔은 두 번째 자리에 앉아 있는 차객次客이 마신다. 세 번째 손님부터는 미즈야에서 준비한 연한 차를 학생들이 차례대로 날라 온다.

그러면 그 자리의 정주인 선생님은 무엇을 하는가 하면, 죽 늘어앉은 손님들을 앞에 두고 메인 게스트인 정객과 대화를 나눈다.

족자의 의미, 도코노마에 있는 꽃, 그날 사용하는 다도구에 대한 질문들에 대답하면서 다른 손님들이 그 자리를 즐길 수 있게 돕는 안주인 역할인 것이다.

정객도 맨 앞에 앉아서 제일 먼저 차를 마시기만 하는 게 아니라 다른 손님들이 듣고 싶어 하는 질문을 하며 분위기를 띄우는 중요한 임무를 맡고 있다. 그런 만큼 맨 앞자리에 앉는 사람은 다인 중에서도 특히나 지식과 경험이 풍부한 사람이어야 한다는 불문율이 있다.

자리싸움

한 시간 뒤, 드디어 다석에 들어갈 순서가 되었다.

"선생님, 어디에 앉으면 될까요?"

"정객 자리만 아니면 어디든 좋아. 마음에 드는 자리에 앉으렴."

다케다 선생님은 그렇게 말했지만 막상 큰 다실에 들어 가자 사람들이 우르르 몰려들어서 전철에서 자리싸움을 할 때처럼 아수라장이 되었다. 정신을 차리고 보니 나는 선생 님에게 딱 붙어 있었고, 미치코는 그런 내 옆에 딱 달라붙 어 있었다. 우리 셋은 중간보다 약간 뒤쪽에 있었다.

마지막으로 남은 곳이 선두인 정객과 차객, 두 자리였다.

아무도 그 자리에 앉으려고 하지 않았다. 주위를 둘러보 자 자리싸움에서 밀려나 다실 한가운데서 어쩔 줄 몰라 하 는 아주머니 두 명이 있었다.

"거기 비어 있는 자리에 앉으세요."

담당자 여성이 정객과 차객 자리를 권하자 두 사람은 당 황해서 어찌할 바를 몰랐다.

"당치 않아요. 그건 곤란해요!"

두 아주머니는 아예 자리도 아닌 곳에 억지로 엉덩이를 들이밀고 앉아 버렸다. 두 사람이 억지로 비집고 들어간 만큼 다들 조금씩 옆으로 밀려나게 되었다. 선두에서 가장 가까운 삼객 자리에 있던 사람은 이대로라면 자신이 정객 자리로 밀려날 상황이라 안절부절못했다. 아무리 떠밀리더라도 그 자리에서 결코 움직이지 않겠다는 듯 필사적으로 버티고 있었다.

우아한 기모노 차림의 아주머니와 할머니들이 점잖지 못하게 다실에서 몸싸움을 벌이는 모습은 정말 우스꽝스럽기 그지없었다.

"어느 분이든 정객 자리 부탁드립니다."

주최 측에서는 애타게 부탁했지만 먼저 나서는 사람은 아무도 없었다.

"정객 자리 좀 부탁드립니다!"

"……."

정적 속에서 하염없이 시간만 흘러갔다.

"어느 분이든 부탁드립니다. 정객이 안 계시면 시작할 수가 없어요!"

목소리가 점점 짜증스러워졌다.

어느 쪽에선가 "누구 선생님, 부탁드립니다." 하는 소리가 들려왔다. 그러자 모두의 시선이 일제히 한 노부인에게 집중되었다.

결론은 났다. 갈색 기모노에 검은 오비를 두른 자그마한 체구의 노부인과 일행이 색출되듯이 원래 있던 자리에서 쫓겨났다.

"당치도 않아요. 곤란해요, 곤란하다고요. 그렇게 높은 자리는 곤란해요!"

그분들은 격하게 싫다고 도리질을 했지만 담당자가 손을 끌어당기며 기어이 정객과 차객 자리로 밀어 넣었다.

정객 자리에 앉은 노부인은 팔십 대 중반으로 보였다. 그렇게 싫어하는 것 같더니 일단 정객 자리에 앉자 기모노 옷자락과 옷깃을 가다듬고 무릎 앞에 부채를 놓은 뒤 밝은 표정으로 말했다.

"호호, 여러분. 실례를 무릅쓰고 이렇게 높은 자리에 앉게 되었습니다. 오늘은 많이 공부하는 기회로 삼겠습니다."

정객 자리가 채워지자 다실 전체가 한시름 놓았고, 몸싸움을 벌이느라 아수라장이었던 분위기도 조금씩 누그러져 모두들 편한 자세로 고쳐 앉았다.

다도구

데마에가 시작되었다.

중요 문화재로 지정된 장벽화*로 둘러싸인 넓은 다실에 다완과 나츠메를 든 스무 살 정도의 여성이 나타났다. 긴장한 탓인지 뺨에 홍조를 띠고 있었다. 그래도 침착한 태도로 차근차근 데마에를 해 나갔다.

다들 집어삼킬 듯이 그녀의 손끝을 뚫어져라 바라보고 있었다. 그때 어디선가 소곤대는 소리가 들려왔다.

"저 나츠메, 긴사의 작품인가?"

"풍로용 병풍에 화압**도 남아 있어."

"화로 테두리엔 이른 봄에 새잎이 돋는 버드나무가 그려져 있네. 멋지다. 소테쓰의 작품인가 봐."

나와 미치코는 무슨 말인지 도통 알 수가 없었다.

'무슨 말이지?'

정주와 정객의 인사가 시작되었다.

* 장지문이나 병풍에 그린 그림
** 서명 대신 남기는 표식

"호호, 이렇게 좋은 날 뵙게 되었네요."

"호호, 잘 오셨어요."

"날씨가 한층 따뜻해져서 좋군요."

"네, 그래서 얼마나 감사한지 몰라요."

"도구들이 참 근사하네요. 이 정도로 정성을 들이시다니 준비하느라 무척 고생하셨겠어요."

"환영하는 마음을 담아 열심히 준비했답니다."

그다음에는 정객이 도구에 대해서 하나하나 묻고 정주가 대답을 한다.

"이쪽은 라쿠케樂家*의 12대 당주인 고뉴의 작품으로 오모테센케表千家**의 13대 당주인 소쿠추사이 선생님이 '봄의 안개'라는 이름을 붙였습니다. 저쪽 화초 문양은 에이라쿠 젠고로의 작품입니다. 나츠메는 긴사의 작품인 '봄의 들판'이고 차샤쿠는……."

나는 프랑스 요리 메뉴가 질색이다.

"푸아그라를 곁들인 샤를로트, 후추가 들어간 캐러멜 드리즐. 소테른 그라니테도 함께 주세요."

들어도 전혀 모르겠다. 그와 마찬가지였다.

사카쿠라 신베에, 오히 초자에몬, 세이사이풍, 소쿠추사

• 라쿠야키樂燒라는 도자기를 창시한 초지로를 시조로 하는 가문
•• 센노 리큐의 가르침을 계승한 다도 유파 중 하나

이풍, 쪽물 염색, 검은 옻칠, 금박, 은박, 하코가키*······.

중간 중간 정객이 "어머, 화압도 있고 훌륭하네요." "어쩜 이리 근사한지." "정말이지 정성이 가득하네요." 하면서 맞장구를 친다.

"어머나! 소쿠추사이의 하코가키가 있는 거예요?"

"고뉴의 작품이 있다니 정말 굉장하군요."

여기저기서 신베에라느니 초자에몬이라느니 시대극 같은 이름이 난무하고, 상자가 어쩌고 화압이 어쩌고 하면서 소란이 일었다. 우리가 평소 배우고 있는 '차'와는 전혀 다른 세계였다. 나와 미치코는 그저 어안이 벙벙했다.

● 다도구의 이름과 유래, 역대 소유자 등을 상자에 기록한 것

배견

　연한 차를 다 마셨을 때쯤 한 사람씩 조심스럽게 배견하던 다완이 우리 앞에 도착했다. 광택이 있는 검은 다완이었다. 선생님은 몸을 살짝 굽히고 다완을 찬찬히 살펴본 뒤 두 손으로 다완을 꼭 감싸고서 내 앞에 살짝 내려놓았다.

　"이게 바로 라쿠차완樂茶碗*이란다. 손으로 직접 만져 보면서 배견하렴. 무게, 질감, 손에 와 닿는 감촉을 맛보는 거야. 그릇을 뒤집어서 아래쪽까지 꼼꼼히 보고. 바닥에 라쿠樂의 표식이 찍혀 있으니까 말야. 그 표식의 특징을 보고 몇 대째의 작품인지 알 수 있도록 공부하는 거야."

　주위 아주머니들의 '배견'은 보통이 아니었다.

　다다미에 양손을 짚은 채 다완을 찬찬히 바라보고, 두 손으로 감싸고 천천히 돌려 가면서 손으로 무게와 감촉을 맛보고, 안경테를 추켜올리기도 하면서 안쪽과 뒤쪽에 찍힌 라쿠의 표식과 찻잔 밑바닥의 실굽 부분까지 유심히 바

●　라쿠야키 기법으로 만든 다완. 손으로 빚어 투박한 멋이 특징

라보았다. 그야말로 안팎을 빈틈없이 살펴보고 있었다.

어쩐지 타인의 소유물을 뚫어져라 쳐다본다는 게 값을 매기는 것 같아 부끄러운 기분이 들었지만 선생님이 말한 대로 해 보았다.

그 다완은 마치 머랭 과자처럼 가볍고 부드러웠고 두 손으로 감싸자 마치 작은 동물이 웅크리고 있는 것처럼 손에 착 감기며 온기가 느껴졌다. 손으로 직접 느끼자 평가를 한다는 부끄러움은 금세 사라졌다.

그 다완이 수백만 엔을 호가하는 다완이라는 사실을 알게 된 것은 몇 년이나 지난 뒤의 일이었다.

"다회에 오면 꼭 다도구를 직접 만져 보렴. 눈으로 직접 수많은 진품들을 보는 거야. 다양한 정객과 정주를 보면서 경험을 쌓으렴. 그게 진짜 공부야."

데마에가 끝나자 나츠메와 차샤쿠를 다다미에 나란히 내려놓았다. 정주와 정객이 마무리 인사를 했다. 우리도 부채를 앞에 놓고 다 함께 절을 했다.

그 직후였다. 아주머니들이 우르르 달리기 시작했다. 무슨 일이 일어난 줄 알았다. 다들 다도구 주위에 몰려들어 겹겹이 에워싸고 나츠메 뚜껑을 열고 안을 들여다보거나 차샤쿠를 손으로 잡아 보거나 하고 있었다.

"좋은 차샤쿠네요."

"와, 화로 테두리가 정말 근사해요!"

일일시호일

그날 다회에서 유일하게 낯익은 물건을 발견했다. 족자
였다.

일일시호일日日是好日.

다케다 선생님의 다도실에도 이 액자가 걸려 있었다.
"저거 봐!"
"선생님 집에 있는 거랑 똑같네."
우리는 익숙한 다섯 글자를 바라보았다.
"노리코, 이거 무슨 뜻이야?"
미치코가 물었다.
"호일好日은 좋은 날이라는 뜻이잖아?"
"그래서?"
"그러니까, 날마다 좋은 날이라는 의미겠지?"
"그 정도는 나도 알아. ……그런데 그게 다야?"
"어? 그게 다냐니 그게 무슨 소리야?"
그러자 옆에서 잠자코 듣고 있던 선생님이 쿡쿡 웃었다.

미치코는 여전히 이해할 수 없다는 얼굴이었다. 나는 미치코가 무슨 말을 하는 건지 알 수 없었다. 날마다 좋은 날이라는 건 매일매일 좋은 날이라는 뜻 아닌가. 그 외에 대체 무슨 뜻이 있다는 거야?

그 '일일시호일'이라는 말은 그 후로도 이곳저곳에서 찾아볼 수 있었다.

공부

　다회에는 덴신*이라 불리는 도시락이 포함되어 있었다. 정오가 조금 지났을 무렵, 우리는 선생님을 따라 점심을 먹는 큰 다다미방에서 정원을 바라보며 덴신으로 나온 초밥 도시락을 펼쳤다.

　그때 한 노부인이 선생님에게 말을 걸어왔다.

　"어머, 다케다 씨. 오늘은 젊은 제자들과 함께 왔네요?"

　그 노부인은 가지런히 묶은 새하얀 머리카락과 잘 어울리는 밝은 회색 기모노를 입고, 부드러워 보이는 엷은 등나무꽃색 숄을 손에 든 채 서 있었다. 그 자태를 보니 수선화가 떠올랐다.

　그 노부인 안에 옛 시절의 '청초한 아가씨'가 그대로 살아 있었다. 여든 살은 넘은 것 같았지만 노인이라는 느낌은 들지 않았다.

　여럿이 우르르 몰려다니면서 우리는 넷이 함께라며 활

---

* 다도에서 차를 마시기 전에 대접하는 요리를 도시락으로 만든 것

개치고 다니는 사람들 속에서 그 노부인만은 담담히 혼자서 행동하고 있었다. 이제까지 이렇게 아름다운 사람은 보지 못했다.

나는 그 사람을 바라보았다.

'나도 언젠가 이렇게 나이 들면 좋겠다.'

"이제부터 도시락을 드실 건가요? 난 다 먹은 참이에요."

그 노부인은 매력적인 미소를 지었다.

"자, 이제 남은 한 자리까지 마저 공부하고 와야겠네요. 공부라는 건 정말 재미있다니깐. 그럼 먼저 실례할게요."

우아하고 부드러운 빛깔의 숄을 어깨에 살짝 걸치고 떠나가는 뒷모습을 지켜보는데, 문득 마음에 걸리는 단어가 있었다.

"있잖아. 지금 저 사람 공부라고 그랬지?"

나는 초밥을 입으로 옮기면서 미치코에게 물었다.

"응, 그랬어."

"그 나이에 왜 새삼스럽게 공부를 한다는 걸까?"

"글쎄, 왜 그럴까?"

대학에 들어가 겨우 수험 공부에서 해방된 우리는 이상하다고 생각했다. 그러고 보면 그날 여기저기서 '공부'라는 말을 들었다. 선생님의 지인도, 정객을 맡았던 노부인도.

우리의 대화를 들으면서 선생님이 또다시 쿡쿡 웃었다.

6장

계절을 맛보다

빠지고 싶은 이유

다도를 시작하고 2년이 지났다.

대학 졸업 후, 나는 출판사에서 아르바이트를 하고 미치코는 무역상사에 취직했다.

나와 미치코 둘뿐이었던 토요일 다도 수업에 대학교 3학년인 유미코 씨와 고등학교 3학년인 사나에, 여성 경찰인 다도코로 씨, 세 명의 학생이 합류했다. 토요일 수업이 시끌벅적해졌다.

"자, 거기서 치리우치를 합니다."

"차건을 가장자리에 걸치고 크게 세 번 닦습니다."

초보들의 걸음마가 다시 시작되었고 다다미 위를 도둑걸음으로 걷는 신입생들의 모습을 보면서 미치코와 나는 웃음을 터뜨리고 말았다.

신입생들은 연습이 한 번씩 끝날 때마다 욱신거리는 발가락을 손으로 주무르며 신음했다.

"으으, 내가 뭘 하고 있는 건지 전혀 모르겠어!"

"이렇게 세세한 부분까지 하나하나 정해져 있는 거야? 말도 안 돼!"

"너희 둘은 옛날의 자기 모습을 보는 것 같지?"

나와 미치코는 웃으며 끄덕였지만, 실은 우리도 여전히 안갯속에 있었다.

3년 차가 된 우리는 진한 차 데마에를 배웠고 매주 다른 형태의 물 항아리와 크고 작은 선반, 사츠바코라고 하는 오동나무 상자 다루는 법, 불을 조절하며 숯을 더 얹는 숯 데마에 등을 배웠다.

"자, 오른손 엄지부터 차례로 손가락을 하나씩 움직이고. 왼손도. 그다음 오른쪽이 올라가고 왼쪽이 내려오고……."

"숯을 이쪽에 넣을 때는 부젓가락 쥔 손을 감추는 거야."

"어머, 물 항아리 뚜껑 위를 닦아야 하는 거 아니니?"

순서가 복잡해지면서 해야 할 것들이 비약적으로 늘어났다. 연한 차와 진한 차 데마에가 머릿속에서 뒤엉키며 전보다 더 엉망이 되었다.

우리는 몇 번씩 같은 실수를 반복했다.

"어머, 노리코. 이건 처음 배우는 게 아니잖니? 그동안 배운 걸 다 잊어버렸구나. 좀 기억해 줘도 되는데 말이야."

"어머머, 이것도 잊어버렸니? 이제는 정말 화도 안 나는구나."

선생님의 '화도 안 난다'는 입버릇이 되었다.

다도 수업에 가면 데마에가 나를 기다리고 있다. 데마에를 하면 반드시 실수를 한다. "처음도 아니잖니?" "이제 화도 안 나." 하면서 꾸지람을 듣는다. 벌써 3년이나 되었는데도.

토요일 오후에 비가 오면 '이렇게 비가 오는데 다도 수업에 가야 한다니 싫어.'라는 생각이 들었고, 날씨가 좋으면 좋은 대로 '이렇게 기분 좋은 토요일을 다도 따위로 망치기는 싫어.' 하고 생각했다.

빠지고 싶은 이유는 매주 있었다. 나는 항상 꾸물거리며 망설이다가 느지막해져서야 하는 수 없이 집을 나섰다.

그런데 일단 수업에 가면 어김없이 마음이 바뀌었다.

'역시 오길 잘했어!'

그렇게 생각하게 되었다.

왜냐하면 다케다 선생님의 다실에서는 항상 특별한 무언가가 기다리고 있었기 때문이다.

화과자

정원 저편에서 등나무 꽃송이가 바람결에 흔들리고 있다. 감나무 잎사귀 사이로 비치는 햇살은 반짝반짝 눈부셨고 이따금 녹색 바람이 불었다.

"오늘은 '만물 가다랑어'를 차게 준비해 두었단다. 몇 조각 가져올게."

선생님은 부리나케 부엌으로 사라졌다.

실로 '눈에는 푸른 잎, 산에 사는 두견새, 만물 가다랑어'[•]의 계절이었다. 선생님은 가다랑어 회를 모두에게 대접할 생각이었던 건가? 하지만 회와 말차의 조합이라니, 듣도 보도 못했다.

모두 의아한 듯이 얼굴을 마주 보았다.

그런데 선생님이 손에 들고 나타난 것은 회 접시와 간장 용기가 아니라, 뚜껑 달린 과자 그릇이었다.

'어라? 선생님이 만물 가다랑어라고 했는데?'

[•] 에도 중기의 시인 야마구치 소도의 하이쿠로 봄부터 여름에 걸쳐 에도 사람들이 좋아하는 것들을 표현한 시

"자, 하나씩 나눠 먹으렴."

도자기 재질의 과자 그릇을 통째로 냉장고에 넣어서 차갑게 해 둔 듯했다. 도자기의 서늘한 감촉이 기분 좋았다. 어느새 찬 기운이 기분 좋게 느껴지는 계절이 되어 있었다.

뚜껑을 열자 그 속에 연한 복숭아색의 양갱이 늘어서 있었다.

"나고야에 있는 미노추에서 산 만물 가다랑어란다."

"만물 가다랑어가 화과자였어요?"

"진짜 가다랑어가 나오는 줄 알았니? 우후후, 어서 집어 보렴."

'하지만 어째서 양갱을 만물 가다랑어라고 하는 거지?'

조장나무 젓가락으로 양갱 한 점을 가이시에 덜었을 때 "아얏!" 하고 소리를 지르고 말았다.

말랑하고 탄력 있는 복숭아색 단면에 줄무늬가 있었다. 그 색과 줄무늬 모양이 정말 가다랑어 회 그대로였다.

"똑같아!"

"그렇지?"

선생님이 눈웃음을 지었다.

갈분을 듬뿍 넣은 양갱을 찌는 도중에 한 번 휘저은 다음 식혀 굳히고, 팽팽하게 당긴 실을 눌러서 자른다. 그러면 가다랑어의 단면과 똑같은 줄무늬가 나타난다.

'아, 맞아. 가다랑어에도 이렇게 희미한 복숭아색 줄무늬

가 있었지.'

그 단면을 본 순간, 가족들과 작은 식탁에 둘러앉아 제철 만물 가다랑어를 먹던 기억이 되살아났다. 그 내음이 코끝을 스치는 듯한 기분이 들었다.

과자 자르는 도구로 만물 가다랑어를 잘라 입에 넣고, 이번에는 입안에 녹아드는 달콤함과 서늘한 촉감을 맛보았다. 추억과 달콤함이 뒤섞여 황홀해졌다.

밀푀유와 슈크림을 좋아하고 화과자는 거들떠보지도 않았던 내가 차를 배우고 1, 2년 만에 화과자의 매력에 완전히 눈을 뜬 것이다.

'킨톤'이라는 화과자는 동글동글하게 빚은 팥소에 체로 거른 소보로 고물을 묻혀서 만드는데, 3월에는 유채꽃, 4월에는 벚꽃, 5월에는 철쭉으로 겉모양을 각각 다르게 만든다. 여름에는 갈분이나 한천을 사용해서 시원한 느낌으로 물을 표현한다. 화과자는 재료 본연의 맛에 계절감까지 가미한다.

일 년 내내 같은 모습을 하고 있는 슈크림과 케이크가 어쩐지 시시하게 느껴졌다.

맛본다는 것

찬바람이 불던 12월 중순의 어느 날, 검게 옻칠한 과자 그릇 속에 자그마한 노란색 만주가 줄줄이 담겨 있었다.

"오늘 아침에 과자 사러 니혼바시까지 나갔다 왔단다."

선생님은 긴자의 구야에서 파는 노란 호리병 모양의 기미효, 아카사카의 시오노에서 파는 국화 모양의 지요기쿠, 기타카마쿠라의 고마키에서 파는 청매실 모양의 아오우메 같은 화과자를 사러 이따금 전철로 한 시간이나 걸리는 곳까지 다녀오곤 했다.

"나가토라는 가게에서 사온 유즈만주란다."

유자 모양의 만주였다. 그러고 보니 이제 곧 동지冬至였다. 한겨울의 입구인 동짓날에 유자를 띄운 목욕물로 몸을 따뜻하게 하면 일 년 내내 감기에 걸리지 않는다고 한다.

우리는 노란 만주에 시선을 빼앗겼다.

그 유즈만주는 보통 만주들과 다르게 귤껍질처럼 우둘투둘한 노란 껍질을 가지고 있었다. 우둘투둘한 표면이 꼭 진짜 유자 같았다. 움푹 들어간 윗부분에는 조그마한 녹색 꼭지까지 달려 있었다.

"와아, 잘 만들었다!"

"어떻게 껍질을 울퉁불퉁하게 한 거지?"

모두들 신기해했다.

위쪽의 작은 꼭지도 초록색으로 물들인 팥 앙금과 찹쌀로 만들어져 있었다.

"자, 천천히 음미하면서 드세요."

한 입 베어 물자 유자의 향이 입안 가득 퍼졌다.

만주 반죽에 진짜 유자 껍질을 굵직하게 갈아 넣어서 유자 표면의 울퉁불퉁한 질감을 표현한 것이다.

'굉장해.'

자그마한 화과자에 숨어 있는 예술성에 언제나 놀라고 만다.

후쿠이현 하세가와류시켄의 후쿠와우치, 시마네현 산에이도의 나타네노사토, 아이치현 쇼카도의 호시노시즈쿠, 교토 가메야노리카쓰의 하마즈토, 교토 마쓰야토키와의 미소마쓰카제, 도야마현 고로마루야의 우스고오리*…… 선

---

* 후쿠와우치: 입춘 전날 밤 콩을 뿌리며 복을 부르는 풍습을 모티브로 한 과자
  나타네노사토: 유채꽃에 나비가 날아드는 모습을 표현한 과자
  호시노시즈쿠: 별의 물방울이라는 뜻. 색색의 각설탕 모양으로 만든 설탕 과자
  하마즈토: 바닷가의 선물이라는 뜻. 조개껍질 속에 호박색 한천을 채운 과자
  미소마쓰카제: 교토의 특산품으로 된장이 들어간 카스텔라처럼 생긴 과자
  우스고오리: 살얼음이라는 뜻. 고급 설탕과 찹쌀로 만든 명물 설탕 과자

생님은 전국 각지의 유서 깊은 가게에서 계절에 맞는 화과자를 사다 주곤 했다.

잔뜩 찌푸린 1월의 추운 토요일이었다.

과자 쟁반 위에 각설탕처럼 하얗고 네모난 과자가 줄지어 놓여 있었다. 딱히 특별해 보이지 않는 설탕 과자였다.

"이건 나가오카의 야마토야에서 사 온 고시노유키*란다."

'선생님은 왜 굳이 먼 곳까지 가서 사 오시는 걸까?'

그런 생각을 하며 하나를 가이시에 던 다음, 손가락으로 집어 입속에 쏙 넣었다.

"아!"

깜짝 놀랐다. 하얀 과자는 씹을 새도 없이 혀 위에서 부드럽게 녹아내렸다.

'눈이다! 이건 눈이야!'

입속에서 허물어지는 그 감촉은 감동적이었다. 눈이 녹아 사라진 뒤에는 은은한 단맛만이 남았다.

• 홋카이도의 옛 지명인 '고시'에 내리는 눈이라는 뜻으로, 각도에 따라 설원처럼 반짝인다

다도구의 드라마

　다도를 시작하기 전에는 다도구라고 하면 대부분 낡은 진흙색의 수수한 다완이겠거니 생각했다. 그리고 그런 것을 소중히 여기는 뜻 모를 수수한 취향을 '와비사비'●라고 하는 줄 알았다.

　그런데 상상하고 있던 것과는 너무나 달랐다.

　단조로운 흰 매화 모양의 향합 뚜껑을 열었더니 안이 선명한 붉은색이어서 흰 매화가 붉은 매화로 바뀌며 일인이역을 하기도 하고, 검은색 일색이던 연한 차 그릇의 뚜껑을 열자 뚜껑의 그늘진 부분에서 금색 파도 문양이 나타나거나, 언뜻 보면 단순히 새까만 나츠메인데 자세히 보면 만개한 벚꽃이 가득 조각되어 있어 '밤 벚꽃'이라는 이름을 가지고 있기도 했다.

　다도구에는 멋과 재치가 가득했다. 겉보기에는 구식인데 익살스러운 이름을 가지고 있기도 하고, 별것 아닌 듯한 작

●　일본의 미의식 중 하나로 검소하고 조용한 아름다움을 말한다

은 부분에 엄청난 공을 들였거나, 어딘가에 평범하지 않은 요소가 숨어 있어 우리를 깜짝 놀라게 했다.

다케다 선생님은 그런 수수께끼 풀이 같은 연출을 통해 우리가 계절감을 발견할 수 있도록 정성을 다했던 것이다. 선생님은 "오늘은 몇 개나 알아맞히려나?" 하고 매주 수수께끼를 내듯이 우리를 대접할 준비를 하고 있었다.

꽃의 이름

"오늘의 꽃이 뭔지 알겠니?"

선생님의 말을 듣고 도코노마에 시선을 주자 풀꽃 두세 송이와 길고 가느다란 풀이 장식된 대바구니가 놓여 있었다. 무더운 장마였지만 무척 시원스러운 느낌이 들었다.

도코노마에는 항상 꽃이 장식되어 있다. 하지만 파티의 성대한 꽃 장식이나 오브제처럼 침봉에 꽃을 꽂는 '꽃꽂이'와는 달랐다. 입구가 좁고 긴 꽃병에 동백꽃 봉오리가 하나만 꽂혀 있거나, 가녀린 풀과 들꽃이 담긴 바구니를 아무렇지 않게 놓아두는 식이었다. 언제나 간결했다.

"이 꽃은 이름이 뭐예요?"

"붓처럼 생긴 건 구개초, 분홍색은 소녀나리, 다른 하나는 은선초란다."

선생님은 잡초에 대해서도 잘 알고 있었다.

그다음 토요일에도,

"노루오줌, 일본조팝나무, 가막살나무라고 해."

그리고 그다음 주에도.

"이건 무궁화, 그리고 가는잎억새야."

매주 낯선 이름을 듣고, 그다음 주에 또다시 모르는 꽃을 만났다.

나는 원래 꽃을 좋아했다. 우리 집 작은 화단에 피는 나팔수선화며 제비꽃, 은방울꽃부터 시작해서 공원에 있는 서향이나 치자나무, 금목서, 그리고 제방에 핀 산나리, 엉겅퀴, 초롱꽃에 들판에서 자라는 개망초, 개여뀌, 잔대까지. 어렸을 때부터 꽃 이름은 많이 알고 있다고 생각했다.

하지만 다도의 세계에서는 꽃을 모르는 축에 속했다. 완전히 다른 세계였다. 그 꽃들은 꽃집에서는 팔지도 않았다. 그렇게 다실에 놓는 자연의 풀꽃이나 꽃가지를 '다화茶花'라고 한다.

대체 그런 꽃은 어디에 피는 걸까?

"대부분 우리 집 정원에 있는 거야."

"네? 이 정원에요?"

선생님은 30년 가까이 여기저기서 꽃이나 풀을 옮겨 심고 소중히 가꿔 왔다고 한다.

다도실에서 보이는 정원에는 큰 감나무와 매화나무가 있고 철쭉, 등나무, 포도, 명자나무, 동백나무, 배롱나무, 복숭아, 수국, 남천, 단풍나무가 보였다. 정원수들 사이로 석등이 보이고 곳곳에 징검돌이 놓여 있으며 뒤쪽에는 그저 잡초만 자라 있었다.

대체 어디에 다화가 피어 있다는 건지, 내게는 전혀 보이지 않았다. 하지만 선생님은 때때로 나막신을 대충 걸쳐 신고 정원용 가위를 손에 들고 나가서는 정원수들 속에서 꽃을 꺾어 돌아오곤 했다.

가녀린 풀꽃이며 수수한 꽃가지가 봄에는 씩씩하게, 여름엔 선선하게, 가을엔 쓸쓸하면서도 화려하게, 겨울에는 청명하게 도코노마에 장식되어 있었다. 진황정, 만첩빈도리, 망종화, 패모, 해오라비난초, 대상화, 분단나무, 일본히어리…… 헤아릴 수 없을 만큼 많은 꽃들의 이름을 들었다.

그중에서도 '다화의 여왕'이라고 불리는 동백꽃 종류는 선생님이 몇 가지 예로 든 것만 해도 고초와비스케, 가모혼나미, 세이오보, 소데카쿠시 등으로 다양했다. 무려 삼십여 종이 정원에 피어 있었다.

어디에 있는지 아무리 눈을 크게 뜨고 살펴도 보이지 않았지만 선생님은 늘 나막신 차림으로 나가 꽃을 꺾어 왔다. 이 정원 어딘가에 비밀의 화원이 있는 듯했다.

동백은 이미 꽃이 피어 있는 가지는 절대 사용하지 않고 봉오리를 사용한다. 그것도 바로 그 날 오후, 우리가 다도 연습을 하는 시간에 맞춰 꽃잎 가장자리가 살짝 피어나려는 듯 작게 오므린 입술 같은 모양을 한 동백꽃 봉오리를 선택한다.

"이 잎사귀가 좀 더 이쪽을 향해 있으면 좋을 텐데. 제발 이쪽을 봐 주렴."

선생님은 중얼중얼 달래듯이 말하면서 꽃을 꽃병에 꽂
았다.

"이런 일은 참 쉬워 보이지?"

"네."

정말 어려울 것 없어 보였다.

"하지만 천만에. 들에 피어 있는 것처럼 자연스럽게 꽂
는 게 의외로 어렵단다. 단순해 보일수록 어려운 법이야."

선생님은 때때로 꽃 이름과 함께 그 유래를 알려 주었다.

기묘한 식물이 있다. 녹색 잎사귀 한가운데에 깨알처럼
생긴 작은 연녹색 꽃이 핀다.

"꽃이 뗏목을 타고 있는 것 같지 않니?"

듣고 보니 한가운데 작은 꽃을 얹은 잎사귀는 마치 물가
에 피어 있던 꽃이 뱃놀이를 하던 뗏목 위로 사뿐히 내려
앉은 것처럼 보였다.

"그래서 이 꽃의 이름은 꽃 뗏목이라는 뜻의 '하나이카
다'란다."

두 단으로 갈라진 가늘고 긴 꽃이삭에 하얗고 작은 꽃이
피는 화초도 있다.

"두 대가 나란히 피어서 쌍꽃대라고 한단다. 꽃이삭이
한 대인 것도 있는데 그건 홀꽃대라고 하지."

금낭화는 길고 가느다란 줄기에 탐스러운 연홍빛 하트
모양의 꽃들이 줄줄이 달린 모양으로 핀다.

"비단 주머니가 주렁주렁 매달려 있는 것 같지 않니?"

가는 줄기가 하트 모양 복주머니를 매달고 둥글게 휘어져 있다.

"아하. 그래서 금낭화라고 하는군요."

꽃 이름은 옛사람들이 모양을 보고 연상하여 이름을 붙인 것이 많다. 유래를 알자 훨씬 친근하게 느껴졌다.

"아, 선생님. 이건 금어초죠?"

"아니야. 금붕어가 아니라 금 주머니 모양이잖니?"

"그렇구나. 금낭화였네요."

"선생님. 오늘의 꽃은 음, 그러니까…… 납매죠?"

"아니, 같은 색이지만 달라. 이건 풍년화야. 초봄에 가장 먼저 피는데 이 꽃이 피면 그해에 풍년이 든다고 해서 풍년화라고 한단다."

우리는 그런 이야기를 주고받으면서 그 계절 다화들의 이름을 하나둘 외워 갔다.

족자

"다석에 들어가면 먼저 도코노마에 있는 족자와 꽃을 보렴. 차를 최고로 즐기는 법은 뭐니 뭐니 해도 족자니까 말이야."

"즐긴다고요?"

화과자와 차를 즐긴다는 것은 알겠다. 다도구를 볼 때도 감탄하곤 한다. 그 계절의 가련한 화초나 갓 피어나기 시작한 동백꽃도 근사했다.

하지만 족자만큼은 재미있지 않았다.

"오늘의 족자, 읽을 수 있겠니?"

"……."

달필인 건지 악필인 건지 한 글자도 읽을 수가 없다. 마구 흘려 썼거나 엉망진창 날뛰고 있는 글씨를 보면 일부러 일반인들이 읽을 수 없게끔 쓴 거라는 생각이 들어서 화가 난다.

그 붓글씨를 선종 사원의 고승들이 썼다는 이야기를 듣자 일부러 어려워 보이게 해서 잘난 척하는 것 같다는 생각이 들었다.

"오늘의 족자는 말이지."
선생님은 언제나 그렇게 문구를 읽어 주었다.
눈부시게 맑은 5월의 어느 토요일에는,

첫여름에 부는 따스한 바람은 남쪽에서 불어온다.
薰風自南来

가볍게 땀이 배어나는 여름날에는,

맑은 물은 끊임없이 흐른다.
清流無間断

정원의 단풍도 감나무 잎사귀도 불타는 듯한 빨강으로
물든 늦가을에는,

서리가 내려 붉게 물든 단풍이
꽃처럼 가득히 나무에 피어나네.
霜葉満林花 °

족자의 문구가 그 계절을 나타내고 있다는 사실은 알 수
있었다. 하지만 최고로 즐기는 법이라고 할 만큼 맛있지도
즐겁지도 않았다.

다들 족자의 문구를 들을 때는 네에, 하며 적당히 끄덕
거리다가 화과자가 나오면 "우와!" "맛있겠다!" 하면서 즐
거운 비명을 질렀다.

우리는 참 솔직했다.

폭포

장마가 갠 직후의 토요일이었다. 아침부터 30도가 넘는
폭염이었다. 다도 수업을 들으러 가는 길에 아스팔트 도로
가 이글이글 열을 반사했다. 선생님 집 현관에 들어서자마
자 땀이 등을 타고 흘러내렸다. 손수건으로 이마를 닦으면
서 평소처럼 준비실에 있는 옷상자에 짐을 넣고 흰 양말을
신고 다도실로 들어갔다.

"안녕하세요."

인사를 마치고 도코노마로 시선을 향했다.

사람 키만 한 족자가 걸려 있었다.

그 기다란 종이의 꼭대기 부분에 딱 한 글자,

폭포瀧

라는 글자가 굵고 힘찬 글씨로 당당히 쓰여 있었다.

그 아래는 전부 여백이었다.

'폭포'라는 글자의 마지막 획은 붓끝을 위로 뻗치게 하지
않고, 그대로 단숨에 여백을 가로질러 종이 끝까지 내리닫

고 있었다. 기세가 지나친 나머지 작은 먹물 방울들이 흩어
져 있었다.

'……!'

한순간 얼굴에 물보라가 일었다.

폭포의 웅덩이로부터 냉기가 피어올랐다.

땀에 젖었던 등도 상쾌해졌다.

'아, 시원해.'

그때 눈에서 두꺼운 비늘이 한 꺼풀 벗겨졌다.

'족자란 이런 거구나.'

어려워서 이해하지 못하겠다던 생각이 단숨에 날아갔다.
글자를 머리로 읽는 것이 아니다. 그림처럼 바라보면 되는
것이었다.

어렵게 느껴져서 잘난 척하는 거라고 생각하고 있었지
만, 편견을 내려놓고 보면 족자는 수수께끼와 비슷했다.

달필인 건지 악필인 건지 알 수 없어 화를 돋우던 붓글
씨는 장난스럽게 즐기려는 마음으로 자유자재로 그려 낸
그림 문자였던 것이다.

붓 한 자루와 재치로 도코노마 벽에 폭포를 만들어 내고
물보라까지 느낄 수 있게 하다니.

'굉장해.'

선생님이 '그렇지?' 하는 눈빛을 보냈다.

그날 이후 도코노마를 보는 눈이 완전히 바뀌었다.

달과 눈

10월 중순의 어느 날, 나는 족자를 바라보고 있었다.

○

글자가 아니다. 그저 붓으로 둥글게 빙그르르 큰 원이
그려져 있었다.

"오늘의 족자는 무슨 뜻일까?"

"……."

"모르겠니? 오늘은 달맞이를 하는 날이잖아."

"아, 만월이구나!"

달 아래 놓인 꽃병에 대상화와 억새 한 포기가 가냘프게
꽂혀 있었다.

섣달의 다도 수업 날. 하늘은 잔뜩 찌푸리고 일기예보에
서는 산간 지역에 눈이 온다는 소식을 전하고 있었다. 그날
선생님이 읽어 준 문구는 다음과 같았다.

납설과 하늘이 순백으로 하나 되네.

臘雪連天白

"납설이 뭐예요?"

"음력 12월에 내리는 눈이란다."

자세히 보니 족자의 테두리 천에 점점이 하얀 무늬가 있었다.

'아아, 눈이구나!'

나는 하늘에서 하늘하늘 춤추듯 내려오는 하얀 눈을 생각하며 눈을 감았다.

족자에서 바람이 불고, 물방울이 튀고, 달이 뜨고, 눈이 흩날린다.

'역시 오길 잘했어.' 다도 수업에 가면 꼭 그런 생각이 드는 순간이 찾아왔다.

점점 이해하기 어려워지는 데마에를 반복하면서 화과자를 먹고, 도구를 만지고, 꽃을 바라보고, 족자로부터 불어오는 바람과 물을 느꼈다. 지금이라는 계절을 시각과 청각, 후각, 촉각, 미각 등 오감 전부를 통해 맛보고 상상으로 체험했다. 매주, 그저 한결같이.

이윽고 무언가가 바뀌기 시작했다.

7장

오감으로 자연과 하나가 되다

계기

평소와 똑같은 다도 시간이었다.

손님이 마신 다완을 막 씻으려던 참이었다.

보글보글 끓는 가마 속에 히샤쿠를 깊숙이 담가 물을 듬뿍 퍼 올리고, 김이 오르는 히샤쿠를 조심조심 다완 바로 위까지 가져와 조용히 기울인다.

따랑따랑 따랑따라랑.

동글동글한 소리와 함께 흙으로 빚은 다완이 수증기에 감싸인다.

안을 헹구고 뜨거운 물을 코보시에 버린다.

"마치도록 하겠습니다."

이어서 같은 동작으로 차가운 물을 뜬다.

히샤쿠를 물 항아리 중간까지 담그고 차가운 물을 떠서 다완에 따른다.

또록또록 또로록또록.

'아, 다르다……!'

물소리가 달랐다.

뜨거운 물은 '따랑따랑' 하는 둥그스름한 소리였고, 차가운 물은 '또록또록' 하고 단단하고 맑은 소리가 났다.

지금까지는 항상 똑같이 들렸다. 똑같은 소리라고 생각했었다. 그런데 어째서인지 그 소리가 갑자기 다르게 들리기 시작했다.

그날부터 내게 뜨거운 물과 차가운 물은 언제나 다른 소리를 지니게 되었다.

6월의 비

비가 오는 날이었다.

장마가 한창인 목조 가옥은 습기 때문에 미닫이문이 문턱 위를 잘 미끄러지지 않는다. 겨울에는 얼어붙어 있었던 장지문도 느슨해진다.

"안녕하세요."

"빗속에 오느라 수고 많았어."

다실에 들어가자 빗소리가 유난히 똑똑히 들렸다.

타닥타닥 타닥타닥.

굵은 빗방울이 팔손이나무 잎을 두드리며 콩이 부딪치는 듯한 소리를 내고 있었다.

토독토독 토독토독.

지금 한창때인 수국의 잎이며 둥글고 큼지막한 산수유나무의 나뭇잎들이 텐트를 쪼아 대는 듯한 소리를 내며 기운차게 비를 튕겨 내고 있었다.

열대우림을 느끼게 하는 비였다.

"장맛비로구나."

선생님이 혼잣말을 하듯이 중얼거렸다.

그때 깨달았다.

그러고 보니 가을비가 내는 소리는 달랐다. 11월의 비는 힘없이 쓸쓸하게 흙 속으로 스며들어 간다. 똑같은 비인데 왜 그런 걸까?

'아, 나뭇잎이 말라 버려서 그렇구나!'

6월의 빗소리는 새잎이 빗방울을 반사하는 소리였다. 빗소리는 나뭇잎이 만들어 내는 청춘의 소리였다.

타닥타닥 타닥타닥.

토독토독 토독토독.

소리의 미학

"노리코, 좀 더 위에서 따르도록 하렴."

선생님은 뜨거운 물이나 차가운 물을 따를 때 히샤쿠 한 국자만큼 떨어진 위치에서 따라야 한다고 주의를 주었다.

"그래야 보기에 예쁘니까."

거기다 이유가 또 하나 있었다.

"그렇게 하면 물소리가 깨끗하잖니."

확실히 히샤쿠 하나만큼 띄우면 맑은 물소리가 난다.

"그것 보렴. 그게 바로 소리의 미학이야."

다실의 정원에는 '쓰쿠바이'라고 해서 자연석으로 만든 손 씻는 공간이 있다. 다도 수업이 있는 날에는 쓰쿠바이에 깨끗한 물이 담겨 있고, 다실에 들어가기 전에 여기서 손과 입을 깨끗이 씻어야 한다.

선생님은 수도꼭지를 아주 살짝 열어 두고 쓰쿠바이 위에 물이 조금씩 흐르게 해 두곤 했다. 차를 막 배우기 시작했을 무렵에는 물을 잠그는 걸 잊었나 보다고 생각했었다. 하지만 한여름이 되어 선생님의 말을 듣고 그것이 자연의 배경음을 틀어 놓은 것이라는 사실을 깨달았다.

"오늘은 날이 더워서 쓰쿠바이의 물을 평소보다 조금 많이 틀어 놨어."

흐르는 물이 쓰쿠바이의 수면에 계속해서 파문을 남긴다.

졸졸졸졸 졸졸졸졸.

데마에에 몰입하고 있을 때는 언제나 등 뒤에서 물소리가 흐르고 있다. 나도 모르는 사이에 그 물소리는 나의 몸과 마음에 스며들어 있었다.

지하상가의 물소리

그날 신주쿠역에서 나는 심한 두통에 시달리고 있었다.

잠을 자지 못한 채 오랫동안 사람들로 붐비는 곳을 돌아다니느라 지쳐 있었다. 머리를 펜치로 조이는 것 같은 격한 통증이 찾아왔다. 빨리 이 인파에서 벗어나 조용한 곳에서 쉬고 싶었다.

비틀비틀 에스컬레이터를 타고 빨려 들어가듯이 지하의 식료품 매장에 다다랐다. 호객 소리와 장을 보는 손님들로 어수선한 매장 한쪽 구석에서 작은 일본식 디저트 가게를 발견했다.

가게 입구 바로 옆자리에 짐을 내던지며 털썩 주저앉아서 미쓰마메*를 주문하고, 깨질 것 같은 머리를 감싸며 웅크리고 있었다.

그 순간 소음이 멀어졌다. 정적 속으로 빨려 들어가는 느낌이 들었다. 날카롭게 곤두선 머릿속 신경세포에 바위

---

* 붉은 완두, 한천, 경단, 과일 등에 시럽을 뿌린 디저트

틈에서 흘러나오는 맑은 샘물이 졸졸졸 시원하게 스며들었
다. 눈 안쪽 신경에도 맑은 물이 스며들어 뒤엉킨 것을 풀
어 주었다. 마음이 편안해져서 한동안 눈을 감고 있었다.

'아, 계속 이렇게 있었으면 좋겠다.'

그 상태로 얼마나 시간이 지났을까. 5분, 아니면 10분 정
도일까.

문득 고개를 들자 두통이 사라져 있었다.

"아, 다행이다……."

눈앞에 놓여 있던 미쓰마메를 먹었다. 긴장이 풀려 가고
있었다.

짧은 시간이었는데 거짓말처럼 회복되어 있었다. 그리고
집에 가려고 자리에서 일어났을 때 처음으로 그 소리를 알
아차렸다.

졸졸졸졸.

물이 흐르고 있었다. 돌아보자 그곳에 쓰쿠바이가 있었
다. 돌로 만든 쓰쿠바이는 아니었다. 청소용 수돗가의 수도
꼭지 아래에 도자기 꽃병을 놓고 물을 조금씩 흘려보내고
있었던 것이다.

날카로워진 신경에 스며들어 긴장을 풀어 주고 극심한
두통을 치유해 준 것은 바로 이 물소리였다.

'굉장해!'

가히 신비하다고 할 만한 물소리의 효과에 감탄했다.

　어렸을 때 읽은 그리스 신화에서는 불사의 몸을 가진 전사가 등장했다. 전쟁에서 상처를 입고 몇 번씩 쓰러지기도 하지만 양손이 땅에 닿으면 금세 되살아났다. 그건 분명 인간은 자연에 닿으면 회복된다는 의미였을 것이다.

　물소리를 듣기만 해도 사람은 피로를 잊는다. 나는 어느샌가 자연과 하나가 되어 있었다.

　"잘 먹었습니다."

　나는 건강한 모습으로 가게를 나섰다.

냄새의 기억

그날은 선생님 집의 현관을 들어선 순간부터 무언가 신경 쓰이는 존재가 있었다.

'이게 뭐지?'

어쩐지 개운한 냄새가 났다. 청결한 느낌의 냄새였는데, 아득히 먼 곳에서 피어오르는 모닥불을 떠올리게 했다.

복도를 걸어가다가 불현듯 깨달았다.

'아, 숯 냄새다!'

몇 년이나 다도 수업에 다니면서 계속 이 냄새 속에 있었는데 이제야 깨달았다. 숯에 냄새가 있다는 사실을 모르고 있었다. 잠들어 있던 후각 중 하나가 갑자기 눈을 뜬 것이다.

어느 날 차선의 상태를 확인하면서 젖은 차선 끝을 코끝에 가까이한 순간이었다.

'아……'

후텁지근한 물 냄새가 났다. 예전에 살았던 낡은 집에서 맞았던 장마가 떠올랐다. 금방이라도 비가 쏟아질 것 같아

세탁물을 거두어들이려고 하자, 툇마루의 마루청이 축축하게 젖어 있었다.

언젠가 가마에서 히샤쿠를 들어 올리려 했을 때, 정원에서 산들바람이 살랑살랑 조릿대의 잎을 어루만지며 스쳐 지나갔다. 문득 가슴 한구석이 욱신거렸다. 멀리서 들려오는 축제 음악을 들으며 훌쩍훌쩍 울었던 날에도 이런 바람이 불고 있었다.

입구가 넓은 여름용 물 항아리의 뚜껑을 열면, 물을 뿌린 정원의 냄새와 여름방학의 해방감이 가슴속에 생생하게 퍼져 나갔다.

겨울의 두꺼운 다완을 두 손으로 돌려 가며 따뜻하게 감싸면, 몸이 약해서 언제나 잠에 취해 있었던 어린 시절의 쓸쓸함이 되살아났다.

먼 옛날 맡았던 바람과 물, 비의 냄새가 그때의 감정과 하나가 되어 어렴풋이 모습을 드러냈다가 연기처럼 사라져 간다. 과거의 수많은 내가 지금의 내 안에서 함께 살아가고 있는 듯한 기분이 들었다.

꽃 지도

다양한 소리와 냄새를 깨닫게 되자, 다화가 눈에 보이기 시작했다. 다화는 가는 곳마다 피어 있었다.

강아지가 산책할 때 어느 전봇대에 자신의 냄새를 묻혔는지 어디에 마음에 드는 이성이 있는지 파악하고 있는 것처럼 내가 살고 있는 반경 1킬로미터가 낯익은 다화들의 '꽃 지도'가 되었다.

봄이 되면 건너편 제방에서 윤판나물아재비가 작은 종 모양의 하얀 꽃을 피운다. 단지 뒤쪽 풀밭에는 쌍꽃대가 무리 지어 피는 곳이 있다. 전철에서 보이는 제방의 경사면은 연보랏빛 소래풀로 온통 물들어 있다. 우리 집 옆 담벼락에는 일본붓꽃이 줄지어 핀다. 주차장의 갓길에는 타래난초가 피고, 가드레일에는 메꽃이 휘감겨 연분홍색 꽃을 연이어 피워 낸다.

그전까지 꽃은 꽃집에서 파는 거라고만 생각했었는데, 가게에서 파는 꽃은 극히 일부분에 지나지 않았다.

다도 수업에 다닐 때 길가에는 언제나 많은 꽃이 피어 있었다. 꽃이 적은 시기에는 잎이 짙게 물들고, 그 잎이 떨어질 때면 가지에 새빨간 열매나 작은 싹이 났다.

선생님은 물든 잎도 모두 꽃으로 취급했다.

"이런 잎도 단풍이라고 하는 거란다."

열매나 꽃눈뿐인 가지도 꽃병에 장식했다. 그것들도 전부 다화였다.

나는 '꽃'을 얼마나 작은 테두리 안에서 보고 있었던 걸까.

다화가 없는 계절 같은 건 없었다. 따분한 계절 같은 건 존재하지 않았다.

8장

지금 여기 존재하다

일시정지

대학을 졸업하고 3년이 지났다. '여대생 빙하기'라는 취업난의 파도를 정면으로 뒤집어쓴 나는 지인의 인맥으로 어느 주간지 편집부에서 취재를 하고 짧은 글을 쓰는 아르바이트를 하면서 언젠가 출판사에 취직할 기회를 기다리고 있었다.

그 편집부에는 내 책상이 없었다. '사원'이 아니었다. '손님'도 아니다. 그렇게 이도 저도 아닌 어중간한 상태가 몇 년이나 지속되었다. 그중에는 면전에서 대놓고 이렇게 말하는 사람도 있었다.

"몇 년씩이나 아르바이트를 하다니 인생 낭비야."

기업에 취직한 친구들을 만나면 다들 일이 힘들다, 지겹다, 너무 싫은 상사가 있다, 그만두고 싶다, 하며 고민하고 있었다. 그래도 내 입장에서 보면 그조차도 도심의 큰 빌딩 안에 제대로 '있을 곳'이 있는 사람의 고민이었다.

결혼과 출산의 압박도 시작되었다. 남편의 전근으로 해외로 이사하게 된 사람도 있었다. 일과 육아를 병행하기 위해 필사적인 친구도 있었다. 다들 인생의 망망대해로 노를 저어 나가고 있었다.

다도 교실 사람들에게도 많은 변화가 있었다. 대학을 졸업한 유미코 씨는 동급생과 결혼했고, 경찰인 다도코로 씨는 출산을 계기로 수업을 그만두었다. 남편의 전근으로 요코하마에 오게 되었다는 젊은 부인 두 명이 합류했지만 2년이 채 못 되어 출산과 전근 때문에 다시 떠나갔다. 여자에게 이십 대는 격동의 시기였다.

계속 함께였던 미치코도 대학 졸업과 동시에 무역상사에 취직했지만 2년 만에 퇴직하고, 시골에 있는 본가로 돌아가 선을 보기 시작했다.

주위에서는 취직, 결혼, 출산처럼 인생의 다음 단계로 나아가고 있는데 나만 여전히 취직도 못하고 갈팡질팡하고 있었다. 집에 있으면 부모님이 매일 나무랐다.

"제대로 취직할 게 아니면 그만 선이라도 봐서 결혼하렴."

대학 시절에는 평생 할 수 있는 일을 찾고 자립하겠다고 벼르고 있었는데, 결국 나는 아무런 존재도 아니었다. 주간지 아르바이트도 언제까지 할 수 있을지 알 수 없었다.

나 혼자 인생의 본경기가 시작되지 않은 듯한 기분이 들었다. 아무리 시간이 지나도 스타트 라인에조차 서지 못한다. 발밑이 흔들린다. 롤러스케이트를 신고 살아가는 느낌이었다. 초조함에 시달린 나머지, 전철을 타고 있다가도 뛰쳐나가고 싶은 충동에 휩싸이기도 했다.

달려야만 했다. 속이 바짝바짝 타들어 갔다. 하지만 대체 어디를 향해 달려야 하는지 알 수 없었다.

그렇게 애타는 나날 속에서 다도 연습만은 무난하게 앞으로 나아가고 있었다. 3년이 되었을 때 가라모노唐物, 5년이 되었을 때 다이텐모쿠台天目라는 과정에 들어가 차례차례 격이 높은 도구를 취급하는 방법을 배웠다.

가라모노란 중국이나 동남아시아로부터 건너온 약단지를 진한 차의 차이레로 쓰는 데마에다. 임금님도 이렇게 극진히 모시지는 않을 거라는 생각이 들 정도로 소중하게 다룬다. 다이텐모쿠는 텐모쿠자완이라는 다완을 쓰며 다다미 위에 직접 놓지 않고 받침대를 사용하는 데마에다.

그렇게 품격 있는 다도구로 차를 탈 기회가 실제로 있을 리 없었다.

'진짜 하지도 않을 데마에를 연습해 봤자 의미 없잖아.'

그런 내 마음의 소리와는 상관없이 선생님은 빈틈없이 데마에를 가르쳐 주었다.

"안 돼, 안 돼. 거기서 엄지손가락이 차이레를 넘어가야 해."

"틀렸어. 맞은편에서 넘어가야 해. 그래. 다시 한 번 해 보렴."

실제로 하게 될 리 없는 작법인데도 선생님은 손가락의 움직임 하나도 소홀히 넘기지 않았다.

나는 여전히 달려 나가야만 한다는 압박에 시달리고 있었다. 매주 토요일이 올 때마다 짜증이 났다.

'아, 또 다도 하러 가는 날이구나.'

한가하게 차를 연습하고 있을 때가 아니었다. 나는 서둘러 앞으로 나아가야 하는 몸이었다. 그런데 매주 다도가 발목을 잡는 기분이 들었다. 몇 시간이나 가만히 앉아 있는 것이 너무 시간 낭비 같았다. 내가 이러고 있는 동안 다른 사람들은 훨씬 앞서 나갈 것 같았다.

나는 다도구의 앞뒤를 착각하거나 진한 차 데마에를 할 때 쓰는 다시후쿠사出し帛紗•를 깜빡하고 품에 넣지 않는 등 실수를 연발했다. 빈 히샤쿠에서 똑, 똑, 자연스럽게 물방울이 떨어지기를 가만히 기다리고 있을 수가 없었다. 물 항아리에서 가마로, 가마에서 다완으로, 히샤쿠를 움직이는 도중에 물방울이 떨어져서 다다미를 흠뻑 적셨다.

"노리코, 너 지금 어디 다른 곳에 가 있는 거지?"

"네?"

나는 선생님이 무슨 말을 하는 건지 알 수 없었다.

"젊다는 건 못쓰겠네. 왜 그리 침착하지 못한지."

선생님은 혼잣말처럼 중얼거렸다.

• 진한 차를 낼 때 다완 아래를 받치는 후쿠사

"제대로 여기 있으렴."

"……?"

"일단 가마 앞에 앉으면, 제대로 가마 앞에 있는 거야."

마음을 담는다

선생님은 때로 이렇게 말하기도 했다.

"실수하는 건 괜찮아. 하지만 제대로 하도록 해. 작은 움직임 하나하나에 제대로 마음을 담는 거야."

마음이라는 건 눈에 보이지 않는 추상적인 것이다. 밥을 밥그릇에 담듯이 '네, 담았습니다.'라고 할 수는 없지 않은가.

그렇게 생각하며 의심쩍은 눈으로 쳐다보자 선생님은 마음을 담는 법을 하나하나 구체적으로 가르쳐 주었다.

예를 들면 이런 것들이 있었다.

"다완과 연한 차 그릇을 동시에 들어 올릴 때는 말이지, 동시라고는 해도 연한 차 그릇이 한 박자 먼저 다다미를 떠난다는 느낌으로 하도록 하렴."

"아, 그렇게 차샤쿠를 들 때는 말이야, 다다미와 수평으로 드는 게 아니라 끝을 살짝 내리는 거야. 그렇게 하면 예쁘단다. 아니, 그건 너무 내렸어. 그래, 그래. 그 정도가 딱 예쁘단다."

"연한 차는 사락사락 '타는' 거지만 진한 차는 '개는' 거란다. 진한 차를 갤 때는 석채화 물감*을 갠다는 느낌으로 하도록 해. 그리고 어느 정도로 개면 좋을지는 차에게 물어보렴."

'신은 사소한 곳에 깃든다.'라는 말이 있는데, 차야말로 정말 사소하고 세세한 곳까지 심혈을 기울인 결정체라고 할 수 있었다.

그런 정보들에 입각해서 하나하나 주의 깊게 데마에를 하다 보면 수많은 세부 사항들이 '봐, 여기선 한 박자 빠르게.' '차샤쿠의 끝을 좀 내려 봐.' '타는 게 아니라 개는 거야.' 하면서 주의를 환기시킨다. 내 몸의 사소한 움직임 하나하나까지 의식이 고루 미치는 기분이 든다.

"자, 진한 차한테 물어보면서 개어 보렴."

진한 차에 뜨거운 물을 조금 적게 붓고 천천히 차선으로 젓는다. 차선 끝이 조금 무거워서 마치 진흙탕에 빠진 듯한 느낌이 든다.

'이게 석채화 물감을 갠다는 느낌인 걸까⋯⋯.'

네다섯 번쯤 천천히 저었을 때, 갑자기 진한 차 특유의 고소한 향기가 코끝을 간질였다.

* 천연 암석을 갈아 만든 가루 물감으로 동양화를 그릴 때 쓴다

'아, 지금 찻잎이 눈을 떴다!'

그 향기가 얼마나 폭발적인지, 마치 다완 속에서 화학 변화가 일어난 것 같았다.

매년 5월에 따서 가공하는 찻잎은 감칠맛이 충분히 숙성되도록 차 단지에 채운 다음 봉인한다. 그리고 약 반년이 지나 11월에 차 단지를 개봉하고 맷돌로 잘 갈면 이렇게 녹갈색 가루가 된다.

이 향기는 틀림없이 단지 속에서 반년 동안 잠들어 있었던 찻잎이 빛과 수분을 만나 깨어났다는 신호일 거라고 생각했다.

그대로 진한 차를 개다 보면 말차와 뜨거운 물을 휘젓는 차선의 끝이 문득 가벼워지는 순간이 있다. 별개의 존재였던 분말과 뜨거운 물의 분자가 서로 결합해 '차'가 된다. 차선을 통해 전해져 오는 미묘한 변화를 통해, 미세한 세계를 알 수 있을 것만 같은 기분이 들었다.

'알겠어. 지금 뜨거운 물을 좀 더 따라 줄게.'

차선을 다완 왼쪽에 잠깐 내려놓고 뜨거운 물을 더 부었다. 진흙처럼 진한 말차를 뜨거운 물로 조금 희석시키고, 더 갠다는 기분으로 차선을 움직였다.

차선 끝의 감각이 다시 바뀌었다. 매끄러운 가운데 끈기 같은 것이 생기며 갑자기 무거워진다. 진한 차의 표면이 윤기를 띠며 맛있게 사르르 빛나고 있다.

정신이 들자 나는 그저 묵묵히 진한 차를 개고 있었다. 가마 앞에 앉아 말차를 개는 감각에, 그 진한 차 한 잔을 개는 일에만 나의 '마음' 전부를 기울이고 있었다.

조금 전까지만 해도 다도 같은 걸 하고 있을 때가 아니라며 마음이 바짝바짝 타들어 가서 어디론가 내달리고 싶은 기분이었는데, 어느새 초조함은 사라져 있었다.

그때 나는 어디에도 가지 않았다. 온전히 '여기'에 머물고 있었던 것이다.

달마대사 족자

몇 번째인지 모를 출판사 입사 시험을 하루 앞둔 토요일 오후, 선생님께 전화를 걸었다.

"선생님, 죄송해요. 오늘은 아무래도 수업에 못 갈 것 같아요."

선생님도 사정은 알고 있었다.

"내일이 중요한 시험이었지? 그래. 힘내서 잘 다녀오렴."

선생님은 그렇게 말하며 전화를 끊으려다 말고 한마디 덧붙였다.

"있잖니, 노리코. 혹시 공부하다가 차 마시고 싶다는 생각이 들면, 부담 없이 한잔 마시러 와도 된단다."

오후 내내 아무것도 손에 잡히지 않았다. 이제 와서 시사 문제집을 들여다보거나 한자 받아쓰기를 연습한다고 해서 달라질 것도 없었다. 오히려 침착함을 잃게 될 뿐이었다.

늘 다도 연습만 없으면 그 시간을 좀 더 유용하게 쓸 수 있을 거라고 생각했던 주제에 막상 수업을 쉬게 되자 아무것도 할 수 없었다.

이럴 바에야 다도를 하러 가는 편이 좋았을 텐데…….

문득, 차 마시고 싶다는 생각이 들면 한잔 마시러 오라고 했던 선생님의 목소리가 떠올랐다.

이미 저녁이었다. 다도 수업은 끝났을지도 모른다. 그럼에도 나는 빈손으로 선생님의 집까지 달렸다.

"선생님, 안녕하세요!"

숨을 몰아쉬며 현관에 들어서자 역시 수업은 끝나 있었다. 안은 쥐 죽은 듯 조용하고 현관에는 구두 한 짝 남아 있지 않았다.

"어머나, 어서 오렴."

안쪽이 아니라 바로 옆 정원 끝에서 꽃에 물을 주고 있던 선생님이 흰 얼굴을 들었다.

"차 마시러 왔는데, 좀 늦었죠?"

"괜찮아, 올라오렴. 지금 차를 내올 테니까."

학생들이 모두 돌아간 뒤 어둑해진 다다미방에서 가마가 보글보글 김을 내뿜고 있었다. 문득, 어쩌면 선생님은 나를 기다려 주고 있었던 걸지도 모른다는 생각이 들었다.

평소처럼 자리에 들어가 도코노마에 있는 족자로 시선을 향했다.

"……."

처음 보는 족자였다. 수묵화 속의 달마대사가 큰 눈알을 부라리며 이쪽을 노려보고 있었다.

오늘은 왜 달마대사 족자인 걸까?

나는 대답을 구하듯이 선생님의 얼굴을 보았다.

"오늘은 어떤 족자로 할까 생각했는데, 노리코 네가 내일 중요한 시험이 있으니까 달마대사가 부리부리한 눈으로 지켜봐 주면 좋겠다고 생각했어. 자, 얼른 과자 먹으렴."

"……."

목에 뜨거운 것이 걸려서 어쩐지 대답을 할 수가 없었다. 눈물로 눈앞이 흐려지는 것 같아 허둥지둥 인사하면서 과자 그릇을 집어 들었다.

달마대사에게는 '칠전팔기', '운이 트이다'라는 의미가 있다. 어쩌면 '힘을 불어넣는다'는 뜻도 담겨 있었는지도 모른다.

족자는 지금의 계절을 표현한다. 그런데 계절에는 봄, 여름, 가을, 겨울만 있는 것이 아니었다. 인생에도 계절이 있었다.

선생님은 그날 내 인생의 '제일 중요한 장면'이라는 계절에 맞추어 족자를 걸어 주었던 것이다.

해질녘의 다도실에서 가마가 보글보글 김을 내뿜고 있었다.

9장

스물네 번의 계절을 지나다

실연

　사촌인 미치코는 동북 지역에 큰 병원을 차린 개업의와 결혼했다. 그 성대한 결혼식에 다케다 선생님도 나도 참석했다. 그 후 미치코는 차례차례 아이를 얻고 가정에 견고히 뿌리를 내렸다.

　나는 결국 취직하지 않았다. 프리랜서인 상태로 주간지의 작은 기사나 여성지의 특집 기사를 쓰기 시작한 지 5년이 지났다. 정신이 들자 주위에는 같은 일을 하는 사람들로 가득했다. 그런 사람들을 프리라이터라고 부르는 시대가 되면서 내 인생만 시작되지 않았다는 생각에 초조해하는 일은 점차 사라졌다.

　몇 년 전부터 사귀어 온 남자와 결혼하기로 결정한 것은 스물일곱 살 때였다.

　그리고 결혼식을 두 달 앞둔 어느 날, 그 사람의 배신을 알게 되었다.

　너무나도 갑작스러운 사건이었다. 나는 전철역 승강장에서 남들 시선도 신경 쓰지 않고 오열했다. 연인이 갑작스럽게 죽어 버린 것 같은 충격이었다.

그대로 전부 눈감아 넘기고 결혼하면 주위에 풍파를 일으키지도 않고, 드디어 결정된 딸의 결혼을 기대하고 있는 부모님을 상처 입힐 일도 없을 것이다. 세상 사람들이 말하는 '축복받은 제2의 인생'이 임박해 있었다.

그러나 일단 불신이 싹트자 모든 것이 어긋나기 시작했다. 이제 그 사람과 결혼할 수는 없었다.

파혼을 하게 되자 아버지는 급격히 초췌해졌고 어머니는 머리를 감싸 쥐었다.

나는 매일매일 스스로에게 물었다.

'정말 이걸로 괜찮은 거야?'

그때마다 깊이 생각한 끝에 답을 내린다.

'그래도 이렇게 할 수밖에 없는걸.'

하지만 30분이 지나면 다시 똑같은 생각을 했다. 그런 자문자답을 마음속에서 수백 번씩 되풀이했다.

상실감이 너무 컸다. 콘크리트 블록으로 피부를 문대는 것처럼 아프고 쓰라린 나날이었다. 정신을 차려 보니 깊은 구멍에 빠져 있었다. 몸이 모래주머니처럼 무거워서 일어날 마음이 들지 않았다. 때때로 돌연 숨을 쉴 수 없게 되었다. 그때마다 당황해서 필사적으로 공기를 들이마시며 호흡했다. 몸도 마음도 빈껍데기가 되어 있었다.

1983년이 저물어 가던 무렵, 인생에서 가장 길고 괴로운 겨울이 시작되었다.

기운을 차려야 한다는 생각은 들었지만 어떻게 해야 기운을 낼 수 있을지 알 수 없었다. 나는 오로지 시간이 지나가기만을 기다렸다.

'봄이 되면 따뜻해질 거야. 햇빛도 밝아질 거야. 그때쯤이면 조금은 편해질지도 몰라.'

가장 길고 힘든 겨울

결혼이 무산된 뒤 여러 복잡한 일들 때문에 다도 수업을 한동안 쉬었다. 사정은 선생님도 잘 알고 있었다. 두 달쯤 지나서 다도 수업에 갔을 때 그 누구도 그에 대해 묻지 않았다.

다도의 동료라는 건 친구와는 조금 다른 신기한 관계였다. 사적인 부분도 이야기한다. 하지만 밀착된 관계는 아니었다. 매주 다도실에 한 사람씩 찾아와 순서대로 데마에를 하고 차를 마시며 담담하게 이야기를 주고받는다.

"우리 이 과자 처음 먹는 거지?"

"아냐. 작년에도 주셨어."

수업이 끝나면 함께 미즈야를 정리하고 다 같이 선생님의 집을 나선다. 갈림길이나 전철역에 도착하면 인사를 나누고 산뜻하게 헤어진다.

"그럼 다음 주에 봐요."

모두들 나의 사정은 알고 있을 터였다. 그래도 평소와 다른 것은 아무것도 없었다. 그런 관계가 위안이 되었다.

1월, 선생님의 정원에 풍년화가 피었다.

"그해에 가장 먼저 피는 꽃인데, 이 꽃이 피면 풍년이 든다고 해서 풍년화라고 한단다."

선생님이 그렇게 가르쳐 주었던 꽃이다.

"오늘은 대한大寒. 일 년 가운데 가장 추운 시기입니다."

텔레비전 뉴스에서 그렇게 말하고 있었다.

그렇구나. 지금이 제일 밑바닥인 거야. 이제부터 따뜻해질 거야.

그렇게 스스로를 타일렀다.

2월이 되었다. 다도 수업에 가자 도코노마에 이런 족자가 걸려 있었다.

　　　不苦者有知

"저거 무슨 뜻인지 알아?"

"글쎄?"

"'고난이라고 생각하지 않는 자에게 지혜가 있다', 아니면 '복은 안으로'●라는 뜻이야. 우후후."

주홍빛 되에 절분의 콩이 나오고, 연한 차를 소리 내어

● 절분 때 콩을 뿌리면서 '복은 안으로, 도깨비는 밖으로'라고 외치는 풍습이 있다

모두 마시자 다완 바닥에서 오타후쿠*가 나타났다. 다도구에 이름을 붙이는 경우가 종종 있는데, '봄의 들판'이라는 이름을 가진 이 나츠메는 검게 옻칠한 부분 주위에 금박을 입힌 제비꽃, 민들레, 자운영, 쇠뜨기 등이 빙 둘러 그려져 있었다.

"절분은 절을 나누는 날이고, 내일은 입춘立春. 그러니까 이제부터 봄을 향해 나아가는 거란다."

태양의 위치에 따라 일 년을 24계절로 나누는 24절기에서는 그 경계가 되는 지점을 대한, 입춘, 우수, 하지, 입동 등으로 부르는데, 특히 2월의 입춘 전날을 겨울과 봄의 분기점이라는 의미로 '절분'이라고 부른다.

전에는 입춘이다, 입추다, 하는 말을 들을 때마다 "뭐, 입추? 아직 8월 초인데? 한여름이잖아." 하면서 실제 계절과 동떨어져 있다고만 여겼다. 달력 같은 건 과거의 유물이라고 생각했다.

하지만 이제는 길잡이처럼 느껴졌다. 절분이나 입춘과 같은 날이 "자, 이제 곧 봄이야." 하며 나를 격려했다. 달력이라는 존재에 봄을 기다리는 생물들의 마음이 깃들어 있다는 느낌을 받았다.

* 익살스러운 여자 얼굴 모양의 가면으로, 복을 부른다는 뜻도 있다

아타미 지역에서 매화가 피었다는 말을 들었다. 겨울이 끝날 무렵 남쪽에서 처음 불어오는 봄바람이 세차게 휘몰아쳤다. 봄이 벌써 거기까지 와 있다고 알려 주는 것 같았다. 하지만 봄은 그렇게 곧장 와 주지는 않는다.

스웨터도 필요 없는 포근한 날씨가 계속되어 기뻐하고 있으면 갑자기 엄청난 한파가 찾아와 또다시 한겨울로 되돌아간다. 봄이 까마득히 멀어진 것 같아서 낙담하게 된다. 그렇게 한 걸음 나아갔다 한 걸음 물러서는 일을 몇 번이고 몇 번이고 반복한다.

내 마음도 이 계절과 하나가 되어 있었다. 빛을 향해 나아가면서도 크나큰 여진이 몇 번이나 찾아왔다.

복숭아의 명절이라고도 하는 삼짇날이 지날 무렵 미지근한 비가 내렸다. 겨울잠을 자던 개구리가 기어 나오기 시작했다. 유채꽃이 피었다. 어느 날 밤, 길을 걷는데 서향의 새콤달콤한 향기가 감돌았다.

그리고 춘분이 다가왔다.

'이제 이 정도까지 왔으면 괜찮을 거야…….'

실내에 들여놓았던 화분을 봄 햇살 가득한 베란다로 꺼냈다. 그리고 며칠 후, 관동 지역에 폭설이 내렸다. 드디어 겨울을 넘어섰다고 생각했는데, 베란다의 화분은 눈이 내리자마자 한 번에 시들고 말았다. 나는 생명이 있는 것들의 겨울나기가 이토록 혹독함을 알게 되었다.

분명 옛사람들도 이렇게 계절과 마음을 동일시하면서 살아남으려고 했을 것이다.

절분, 입춘, 우수. 그렇게 손꼽아 세어 가며 자기 자신을 격려하고, 몇 번이나 겨울로 되돌아갈 때마다 시험에 들면서, 참을성 있게 기다리며 인생의 어느 계절을 넘어서려고 한 것이겠지.

그래서 다인들은 명절이나 계절의 행사를 하나하나 소중히 축하하는 것일지도 모른다.

계절이란 원래 그런 것이다.

그해만큼 꽃이 가슴에 사무치던 봄은 없었다. 나는 그럭저럭 자신을 추슬렀다. 하지만 마음에서 우러나와 크게 웃을 수 있게 되기까지는 또 한 번의 겨울이 걸렸다.

그리고 스물아홉 살의 여름, 남몰래 사랑을 했다.

서른 살에 처음으로 책을 썼다. 그 책의 견본이 완성된 날, 그에게 보여 주었다.

"밤 벚꽃을 보면서 같이 축하하자."

그가 손을 내밀었다. 벚꽃이 저물어 가는 지도리가후치 공원을 둘러서 손을 잡고 걸었다. 바람이 불 때마다 꽃보라가 일었다. 더없이 행복해서 꽃보라 속에서 신나게 웃었다. 웃을 때마다 눈물이 넘쳐흘렀다. 이런 날이 다시 올 거라곤 생각조차 하지 못했다.

10장

이대로도 충분하다

히토미

삼십 대가 되었다. 나는 일이 갑자기 바빠지는 바람에 취재와 원고 작성에 쫓기고 있었다.

다도 수업에 가지 못하는 날이 많아졌지만, 가게 되면 숯 냄새와 쓰쿠바이의 물소리가 흐르는 공간에서 예쁜 화과자와 차가 나를 기다리고 있었다.

그 무렵 토요일 다도 수업에는 직장인이 된 사나에와 대학생인 후쿠자와 씨, 선생님의 친척인 삼십 대의 유키노 씨까지, 나를 포함해 네 명의 학생이 있었다. 내가 최고참이었고 가장 신참이었던 후쿠자와 씨도 어느 새 3년 차가 되어 있었다.

열다섯 살의 신입이 찾아온 것은 내가 차를 시작하고 10년째가 되던 해였다. 그 아이는 학교에서 돌아오는 길에 교복 차림으로 다도실에 찾아왔다. 흰 이마 주변이 보송보송한 솜털로 둘러싸여 있고, 기미 하나 없는 복숭아 같은 흰 뺨은 긴장해서 분홍빛으로 물들어 있었다.

"잘 부탁드립니다."

아이가 꾸벅 머리를 숙이자 포니테일로 묶은 머리카락
이 뒤에서 깡충 뛰어 올랐다. 밝은 밤색의 눈동자 속에 별
이 반짝이고 있었다. 순정만화의 여주인공 같은 얼굴을 한
여자아이는 이름도 '히토미'*였다. 히토미는 아담한 체구에
그 나이보다 훨씬 어려 보였다.

"드라마에서 다도 하는 장면을 보고 줄곧 동경해 왔어요.
고등학교에 들어가면 꼭 차를 배워야겠다고 결심했었죠."

눈동자 속의 별을 반짝반짝 빛내며 말하는 모습을 보고,
요즘 세상에 다도를 동경하는 열다섯 살 소녀가 있다는 사
실에 놀랐다.

"히토미에게 후쿠사 다루는 법을 가르쳐 주렴."

선생님에게 지명을 받은 사나에는 새내기에게 하나하나
친절하게 가르쳐 주면서 괜히 이렇게 말하곤 했다.

"만약 틀린 내용을 가르치면 히토미에게 잘못된 습관이
들 거 아냐. 어쩐지 무서워!"

어떤 색도 띠지 않은 열다섯 살 새내기는 우리의 마스코
트 같은 존재가 되었다.

내가 그랬듯이 히토미도 문을 여닫는 법부터 다다미를
걷는 법까지 전부 하나부터 차근차근 배웠다. 다다미를 여

• 눈동자라는 뜻

섯 걸음으로 걸을 때 긴장한 나머지 같은 쪽 팔다리가 한꺼번에 나가는 걸 보고 깔깔 웃었더니 얼굴이 토마토처럼 빨개졌다. 긴장해서 딱딱하게 굳은 채 절을 하는 모습은 마치 로봇 같았다. 데마에를 한 번 해 보니 갈 길이 멀다는 것을 느꼈나 보다.

"저도 언젠가 데마에를 척척 할 수 있게 될까요……?"

눈물이 글썽한 채 그렇게 말해서 우리를 웃게 만들기도 하고,

"다리가 저려서 못 움직이겠어요."

하며 발버둥을 쳐서 또 웃게 만들었다.

히토미는 다실 안에 있는 물건들을 보며 하나하나 감동했다.

"와아, 이렇게 예쁜 다완은 처음 봐요!"

"이런 과자는 처음 먹어 봐요!"

"정말 근사한 물 항아리네요!"

히토미의 동그란 눈동자 속에서 별이 반짝반짝 빛나고 있었다.

스펀지가 물을 빨아들이는 것 같다는 비유 그대로 히토미는 배운 것을 쭉쭉 흡수했다. 진솔함 이상의 무언가가 그녀 안에 있었다. 무척 진지한 얼굴로 선생님의 주의 사항을 경청하고 자신의 데마에가 끝난 뒤에도 다른 사람의 데마에를 집중해서 보았다. 히토미는 우아한 움직임을 보면 "아

까 그거 어떻게 하는 거예요?" 하고 눈을 반짝이면서 적극
적으로 동작을 따라 했다.

데마에에 열중하는 히토미를 보면서 선생님이 조용히
중얼거렸다.

"이 아이를 보고 있으면 '좋아하는 것이야말로 잘할 수
있는 비결이다.'라는 말을 떠올리게 돼."

소질이라는 것

히토미의 서툴지만 착실한 데마에는 나날이 발전했다.

어느 날 선생님이 말했다.

"히토미, 연한 차를 타서 한 잔씩 대접해 드리렴."

"네."

히토미는 대답한 뒤 미즈야로 사라졌다. 이윽고 조용히 장지문이 열리며 다완과 나츠메를 손에 든 히토미가 나타났고 평소처럼 데마에가 시작되었다. 히토미는 히샤쿠를 후타오키에 달칵 내려놓고 다다미에 양손을 살짝 댄 채 절을 했다.

'어라?' 하는 생각이 들었다. 얇은 베일이 한 장 벗겨진 것처럼 히토미의 윤곽이 어딘가 세련되게 변해 있었다. 어깨와 팔의 힘이 빠지고 자연스럽게 완만한 선을 이루었다. 머리를 숙인 그녀의 나긋한 동선이 잔상이 되어 남았다.

그 움직임에 끌려들어 갔다. 차선을 젓는 가느다란 손끝까지 신경이 지나고 있었다. 손가락의 움직임이 섬세한 표정을 보인다. 단순히 정해진 동작을 하는 게 아니라 움직임 하나하나에 히토미의 피가 흐르고 있는 듯했다. 마음을 따뜻하고 소중하게 품듯이 양손으로 다완을 감싸고, 다완 속의 뜨거운 물을 정성껏 돌린다. 곧게 뻗은 등선이 아름다웠다. 고등학생인 그녀가 당당한 어른 여성의 얼굴을 하고 있었다.

아무도 입을 열지 않았다. 가마 속 뜨거운 물이 끓으며 보글보글 소리를 냈다. 긴장감 넘치는 공기 속에서 모두가 히토미의 데마에에 넋을 잃고 있었다.

'계속 이렇게 지켜보고 싶다……'

그런 생각이 들었다. 모두가 같은 생각을 하고 있는 것 같았다.

'이게 소질이라는 거구나.'

나는 히토미가 처음 다도 수업을 찾아온 날 했던 말을 떠올렸다.

"드라마에서 다도 하는 장면을 보고 줄곧 동경해 왔어요."

노래방에서 노래하는 건 누구나 할 수 있다. 하지만 똑같이 노래를 부르더라도 소름이 돋고 눈물이 글썽할 정도로 사람의 마음을 뒤흔드는 노래를 할 수 있는 사람은 많지 않다. 요리도 마찬가지다. 배를 채우는 음식을 만드는 것은 누구나 할 수 있지만, 그 음식을 먹은 사람의 마음을 건강하게 하고 감동까지 전해 주는 요리를 하는 사람은 그리 많지 않다.

히토미는 졸졸 흐르는 시냇물처럼 사락사락 차선을 젓

다가 천천히 'の' 자를 그리며 부드럽게 차선을 들어 올렸다. 나는 뜨거운 다완을 무릎 앞에 놓고 "감사히 받겠습니다." 인사하며 다완을 받아 들었다.

녹갈색 연못을 뒤덮은 거품 구름이 스르르 갈라지며 그 사이로 짙은 녹색의 초승달이 모습을 드러냈다. 다완을 돌린다. 김과 함께 녹색 향기가 피어올라 비강을 지나자 머릿속이 맑아졌다. 뜨거운 연한 차를 세 모금으로 나누어 마시며 마지막에는 소리를 내서 끝까지 다 마셨다. 처음엔 달콤하게, 이윽고 쌉싸름하게, 그다음에는 산뜻함이 혀끝에 남았다.

아마 히토미 스스로는 자신에게 다도의 재능이 있다는 사실을 깨닫지 못했을 것이다. 하지만 깨닫든 깨닫지 못했든 재능의 중심에 서서 그것을 발휘하는 사람은 주변에 영향을 미친다.

꼬치에 꿰인 경단처럼 똑같은 모습으로 경주하던 집단 속에서 선수 한 명이 빠져나오듯이 어느 날 사나에의 데마에가 눈에 띄게 아름다워졌다. 손의 표정이 맑고 깨끗해졌다. 어깨의 힘을 빼자 완만한 곡선이 여성스러워 보였다. 머리로 생각하지 않고 자연스럽게 움직이는 손을 믿으며 모든 걸 맡기고 있는 듯한 마음의 여유가 느껴졌다.

이윽고 또 한 사람이 집단을 빠져나갔다. 대학생인 후쿠자와 씨다. 전에는 다다미를 걷는 모습이 흐느적거리는 것 같았는데 지금은 손끝까지 마음이 닿아 있다. 히샤쿠로 뜨거운 물을 따르는 움직임이 공중에 아름다운 호를 그렸다.

모두들 갑자기 어른이 되었다.

자신이 없다

나도 아름답게 변해 가는 그들의 모습에 자극을 받아서 동작 하나하나에 주의를 기울이며 데마에를 하려고 늘 신경 썼다.

하지만 여전히 내가 무엇을 하고 있는지 알 수 없었다.

"노리코, 숯 데마에를 해 보렴."

그러면 네, 하고 숯 데마에를 한다.

"진한 차 데마에를 해 보렴."

그러면 네, 하고 진한 차 데마에를 한다.

"어머, 노리코. 거기서는 오른손이 아니라 왼손으로 하는 거야."

그렇게 주의를 받으면 "아, 죄송합니다." 하고 바로 고친다. 그렇게 그 자리는 지나간다.

하지만 숯 데마에란 무엇인가. 진한 차 데마에, 연한 차 데마에란 또 무엇인가.

순서대로 하나하나 해 나가고는 있지만 그게 대체 무엇인지 알 수 없었다. 그리고 내가 무엇을 모르는지조차 알 수 없었다.

말하자면 방의 실내 장식만 있고 집의 구조가 없는 것과 같았다. 거실과 부엌과 침실의 벽지, 조명 기구, 커튼 색까지도 정해져 있다. 그러나 집의 토대도 기둥도 벽도 복도도 아무것도 없다. 실내 장식만 두둥실 공중에 떠 있는 것이다.

"있잖아, 이쪽에 문이 있으면 부엌으로 들어갈 수가 없는데."

"대체 어디를 통해서 침실로 들어가야 하는 거야?"

그런 말을 들어도 무슨 뜻인지 모른다. 방의 연결 구조 같은 건 생각해 본 적이 없다. 내가 '집'을 짓고 있다는 사실을 이해하지 못하는 것이다.

그래서 10년이 넘게 다도를 배우고 가라모노나 다이텐모쿠 같은 상급자용 데마에까지 연습하면서도 말도 안 되게 기초적인 부분을 모르고 있을 때가 있었다. 그때그때 되는 대로 하다 보니 몇 번이나 같은 실수를 반복하기도 했다. 그러면 선생님도 한숨을 쉬었다.

"내가 젊을 때 다녔던 다도 수업에서는 말이지, 한 번 지적당한 부분은 두 번 다시 지적받지 않는 사람이 있었어. 그만큼 진지한 자세로 임하지 않으면 안 되는 거야."

그런데도 여전히 같은 부분을 몇 번씩 지적당하자 선생님도 질린 듯했다.

"정말이지 가르친 부분을 전부 지적하게 만드는구나. 이제 화도 안 나."

그 말이 선생님의 입버릇이 되었다.

물론 나 혼자만 따라가지 못하는 것은 아니었다. 다들 실수를 하고 야단을 맞았다. 그래도 다들 "죄송합니다." 하면서 목을 움츠리고는 아무렇지 않은 듯이 행동했다.

콤플렉스

하지만 나는 점점 웃을 수 없게 되었다.

다도를 시작하고 13년. 이제 곧 본텐盆点 [•] 과정을 배우게 된다. 남성은 신노다이스真台子 ^{••}, 여성은 본텐이 가장 높은 수준의 데마에다. 히토미나 후쿠자와 씨 입장에서 보면 나는 이미 전문가였다.

"모리시타 씨, 오늘의 후타오키는 대나무면 되겠죠?"

"그런 것 같은데……."

자신이 없으니 말끝을 흐리게 된다. 그러면 옆에 있던 후배 사나에가 알려 준다.

"오늘은 선반에 장식한다고 했으니까 후타오키는 대나무가 아니라 도자기 아니에요?"

나는 기가 죽어 미즈야의 바닥으로 시선을 떨군다.

질문을 받을 때마다 나는 자신이 없다는 사실을 속여야만 했다.

• 쟁반을 사용하는 데마에
•• 선반을 사용하는 데마에

그동안 다회도 몇 번 열렸지만 다회를 돕는 역할을 맡게 될 때면 항상 두려웠다. 연습 때와는 달라서 선생님에게 일일이 물어볼 수도 없었다. 데마에 순서가 돌아오면 심장이 입으로 튀어나올 것 같았다. 오요세 다회 자리인 만큼 실수를 해서는 안 된다. 그렇게 생각하면 생각할수록 긴장했고 믿을 수 없을 만큼 초보적인 실수를 연발했다.

돌발 상황에 대한 행동을 보면 그 사람을 알 수 있다는 말도 있는데, 내가 돌발 상황에서 도움이 되지 않는다는 사실을 알고 있으니 누군가 질문할 때마다 흠칫흠칫했다.

'차 같은 건 나랑 안 맞는지도 몰라.'

사실은 어렴풋이 깨닫고 있었다.

다도는 정해진 규칙으로 이루어진 세계인 반면, 그 자리의 흐름을 읽어서 상대의 움직임을 잠시 기다리거나, 두 가지가 겹쳤을 때 어느 쪽을 우선해야 할지 즉시 판단하거나, 나중에 방해가 될 만한 물건을 일찌감치 치워 두거나 하는 식으로 융통성과 기지를 발휘해야 한다. 정해진 규칙에서 벗어난 돌발적인 상황에 대한 대처 능력이야말로 진짜 그 사람의 실력을 보여 주는 부분이다.

그런데 바로 그 부분이 나의 최대 약점이었다. 나는 어렸을 때부터 지나치게 착실했고 무엇이든 정해진 대로만 하기에도 벅찼다. 전체적인 부분에 신경 쓸 여유나 그때그때 알맞은 방법을 생각해 낼 유연성이 없었다. 자신에게만 집중하며, 마차를 끄는 말처럼 한눈팔지 않고 외길을 달릴 수밖에 없었다. 그렇게 30년 넘게 살아온 결과, 서투름은 내 성격의 일부가 되었다.

"글쎄? 배려 같은 건 학교에서 배우는 게 아니라 자연스럽게 몸에 배는 거 아냐?"

그런 말을 하는 사람을 보면 남들에게는 다 있는 맹장이 내 몸에만 없는 것처럼 느껴졌다. 나는 그것을 '결핍'으로 받아들였다. 그것이 나의 콤플렉스였다. 고지식한 성격 탓에 자유롭지 못했고, 우울할 때도 앞만 보고 달렸다.

분별력 있는 사람이 부러웠다. 다회 때마다 리더십을 발휘하는 사람은 유키노 씨였다. 우리는 그녀를 유키노 언니라고 부르며 의지했다. 단지 유키노 씨가 토요일 수업에서 가장 연장자여서가 아니라 위기의 순간에 힘을 발휘해서 전체를 지휘하는 데 능숙하기 때문이었다.

유키노 씨의 지령하에 육십 대의 아주머니들부터 십 대 히토미까지 전원이 분담해서 손님 입장, 신발 정리, 설거지, 차 대접, 짐 나르기까지 각각 맡은 자리에서 융통성 있게 일을 처리했다.

나를 제외한 모두가 문제 해결 능력이 탁월한 사람인 것 같았다. 원래 다도를 배우는 사람들 중에는 그런 유형이 많은 건지도 모른다. 나는 점점 스스로를 이 자리에 어울리지 않는 사람이라고 여기게 되었다.

이렇게 고지식한 성격 때문에 우울해하고 있을 때 주의를 받으면 직격탄이 되었다. 어느 날 선생님에게 또 지적을 당했다.

"노리코 너, 히샤쿠를 잡을 때 손이 너무 둔해 보여. 조금 더 부드럽게 잡을 수 없겠니? 다도를 한 지도 10년이나 됐으니까, 이제 생각이라는 걸 좀 해 보렴."

전에도 히샤쿠 잡는 법을 연구해 보라는 말을 듣긴 했지만, 그날은 상처가 너무 컸다.

나도 모르게 눈물이 글썽해져서 둔하다는 소리를 들은 손을 한참 동안 바라보았다. 모든 걸 내팽개치고 돌아가고 싶은 기분이었다.

13년째의 결심

그 일이 있고 며칠이 지나도 계속 우울했다.

'아무리 시간이 지나도 실수만 하고 있잖아. 자신도 없고 감각도 없어. 게다가 손도 둔하고. 차 같은 건 나한테 안 맞는 거였어.'

처음부터 스스로 원해서 다도를 시작한 것도 아니었다. 집에 가는 길에 미치코와 딴 길로 새서 수다를 떨고 싶어서 배우기 시작한 다도였다. 미치코는 이미 결혼해서 없다. 많은 사람들이 들어왔다가 결혼, 출산, 남편의 전근 등으로 떠나갔다. 남아 있는 나는 어느새 전문가가 되었다.

처음 다도를 배우기 시작했을 때 선생님에게 자주 들었던 말이 있다.

"옛날부터 3일, 3개월, 3년이라고 해서, 뭐든 3년이 계속할 수 있을지 아닐지의 갈림길이란다."

3년은커녕 다도를 시작하고 어느덧 13년째가 되었다.

왜 그만두지 않았던 걸까?

나는 장녀고 '노력하는 착한 아이'로 자랐다.

"한번 시작한 것을 중간에 포기해서는 안 돼."

부모님의 타이르는 말에 얽매여서 지금까지 노력해 온 것 같기도 했다.

나를 포기하지 않고 끈기 있게 다도를 가르쳐 준 선생님에게 미안하다는 생각도 들었다.

그곳에 가면 계절의 화과자와 차, 아름다운 다도구가 나를 기다리고 있었다. '아아, 오길 잘했어.' 하고 생각하게 되는 순간이 있었다. 그래서 아무 생각 없이 계속 다니고 있었다.

그러나 다도의 깊이가 깊어질수록 내가 다도와 맞지 않는다는 사실만 뼈저리게 느끼게 되었다. 물 만난 고기 같은 사람들을 보면 내가 물고기가 아니라는 사실이 새삼 확실해졌다.

내가 있을 곳은 여기도 아니었다.

'나에게 어울리지도 않는 걸 13년이나 해 왔다니, 바보 같아……'

스스로에게 쓴웃음을 지었다.

'다도, 그만둘까.'

1989년, 가을이 끝나갈 무렵 자연스럽게 결심이 섰다.

오래 다니던 장소를 떠나게 되면 처음에는 뭔가 빠진 것 같은 기분이 들지도 모른다. 하지만 그런 느낌도 금방 사라지고 토요일 오후에 좀 더 즐거운 시간을 보낼 수 있게 될 것이다.

그리고 언젠가 차를 떠올릴 때,

"아아, 옛날에 그런 걸 배웠었지."

하고 과거형으로 말하게 될 것이다.

그렇게 결심했을 때 일말의 쓸쓸함을 느꼈지만, 그 쓸쓸
함은 시원함과 무척 닮아 있었다.

다사

그해를 다 채우고 그만두기로 결심한 나는 선생님께 털어놓지는 않은 채 몇 번 남지 않은 다도 수업에 나가고 있었다.

"다음번에는 다사 연습을 하겠습니다."

'다사茶事'를 다회와 같은 말이라고 생각하는 사람도 많을 것이다. 그러나 다회와 다사는 전혀 다르다.

미치코와 함께 다도를 배울 때였다.

"다사를 공부하러 가자꾸나."

선생님과 함께 외출한 적이 있었다. 나는 늘 있는 다회이겠거니 했다. 그런데 선생님이 우리를 이끈 곳은 조용한 주택가에 있는 평범한 집이었다.

"실례합니다."

그곳은 일반 민가에서 경영하는 '임대 다석'이었다. 조용한 정원에 아담한 다실이 있었다. 손님은 우리뿐. 고즈넉한 분위기여서 평소와는 느낌이 달랐다.

깜짝 놀란 것은 다실의 입구가 이상하게도 작다는 점이

었다. 머리를 숙이고 몸을 구부리지 않으면 안으로 들어갈 수 없었다. 마치 소인국의 입구 같았다. 선생님의 뒤를 이어 한 사람씩 두더지처럼 몸을 웅크리고 절을 하면서 다실로 기어 들어갔다.

다실은 다다미 네 장 반 크기였고 어두컴컴했다. 어쩐지 은밀한 느낌이 들어서 조금 두근두근했다.

이 집의 안주인인 듯한 정주가 나와 숯 데마에를 하고, 그다음 어째선지 우리 앞에 상이 하나씩 나왔다.

'어? 여기가 요릿집이었나?'

상 위에는 검은 칠기 두 개가 나란히 놓여 있었다.

선생님을 따라 양손으로 두 그릇의 뚜껑을 동시에 열었다. 김이 훅 올라오며 국물 냄새가 코를 간질였다. 오른쪽 그릇에는 국물 약간에 건더기가 하나, 왼쪽 그릇에는 흰 밥이 두 입 정도 들어 있었다.

'너무 양이 적은데?'

하지만 흰 된장으로 만든 된장국을 한입 먹자마자 나와 미치코는 서로 얼굴을 마주 보며 눈을 반짝였다. 국물과 흰 된장의 깊은 맛에 유자 향이 배어 있었다. 건더기는 밀기울로 만들었고 국물이 은은하게 우러났다. 아주 조금 들어 있던 밥은 밥알이 반들반들 윤이 나고 한 알 한 알에 단맛이 감돌았다.

"밥은 다 먹지 말고 한입 남기는 거야."

선생님이 말했을 때는 이미 늦었다.

"맛있어서 그만……."

그릇 너머 도미 회에 젓가락을 뻗자 다시 제지당했다.

"아직이야. 술이 나올 때까지 건너편 그릇에는 손을 대지 않고 기다려야 해."

"네? 술도 나오는 거예요?"

찬술이 나왔다. 유리로 된 아름다운 술병의 새 부리처럼 긴 주둥이에서 선명한 붉은색 칠기 술잔에 따라 마신다. 입 안에서 사르르 녹는 맛있는 술이었다.

그다음부터가 굉장했다. 차례차례 맛있는 요리를 대접받았다. 찜 요리, 생선 구이, 모둠조림, 초절임, 술안주……. 국은 얼마든지 더 먹을 수 있고 밥도 큰 통에 여유분이 준비되어 있었다. 어떤 요리를 집어도 풍미가 있고 예쁜 그릇에 보기 좋게 담겨 있었다. 찜 요리를 담은 금박 입힌 검은 칠기가 어두운 방 안에서 수상하게 반짝였다. 낮술이 몇 잔 오갔다.

느긋하고 우아한 식사와 술을 즐기는 시간이 끝날 기미 없이 계속되었다.

'와아, 이탈리아의 점심 식사 같아.'

이탈리아 사람들은 세 시간이나 들여서 천천히 식사를 한다. 전채 요리며 산처럼 쌓인 파스타며 샐러드며 큼직한 고기를 배불리 먹고, 대낮에도 큰 병으로 키안티 와인을 마신다. 달콤한 디저트를 먹고 식후주까지 마신다.

나는 완전히 흡족해하고 있었다.

대략 두 시간 반 후, 드디어 식사가 끝나고 자리에서 일어났다. 나는 여기에 온 목적을 까맣게 잊고 식사가 끝났으니 돌아가는 거라고 생각했다.

그런데 선생님이 말했다.

"자, 정원으로 나가서 정주의 준비가 끝날 때까지 기다리자꾸나."

"준비요?"

"이제부터 드디어 다도가 시작된단다."

'참, 오늘은 차를 마시러 온 거였지.'

"지금까지 한 걸 가이세키懷石•라고 하는 거야. 말차를 맛있게 마시기 위해 그 전에 식사를 해서 미리 배를 채워 두는 거란다."

"네?"

그 길고 긴 호화스러운 식사가 도움닫기였다니!

다사라는 건 정말 어마어마했다.

정원에 나가서 다리를 쭉 펴고 의자에 앉아, 세심하게 손질된 정원을 바라보며 후반전이 시작되기를 기다렸다.

• 선종 승려들이 데운 돌을 품에 넣어 공복과 추위를 이겨 냈다는 말에서 유래하며, 연회용 코스 요리인 가이세키会席와 발음은 같지만 별개의 요리이다

연극의 막간 휴식 시간과 비슷했다.

그런 다음 다시 작은 입구를 통해 안으로 기어 들어갔다. 어두웠던 다실 중앙에 빛이 비치고 있었다. 아까까지 창문에 드리웠던 발을 전부 말아 올린 것이다.

그리고 엄숙하게 진한 차 데마에가 시작되었다.

오후부터 시작된 다사는 저녁이 되어서야 끝났다. 한 잔의 차를 즐기기 위해 무려 한나절이 걸린 것이다.

요리, 그릇, 보기 좋게 담은 모양까지 엄선하고, 술잔을 주고받으며 자리의 분위기를 부드럽게 만들고, 물을 뿌린 정원으로 일단 자리를 옮긴 뒤 발을 말아 올려 실내조명을 바꾼다. 이 모든 것을 오직 한 잔의 말차를 위해서…….

이렇게 사치스러울 수 있다니.

하지만 내가 매주 하고 있는 다도 연습과 다사를 연결 지어 생각한 적은 없었다. 나는 작은 입구를 통해 만난 그 사치스러운 시간을 아주 특별한 행사처럼 여기고 있었다.

그래서 "다사를 연습하겠습니다."라는 말을 들어도 좀처럼 감이 오지 않았다.

"가이세키는 친구의 도움을 받아서 제가 전부 준비할 겁니다. 정식으로 할 테니 다들 다사 책을 읽고 제대로 공부해 오세요."

선생님은 의욕이 넘쳤다. 좌석 순서도 이미 정해져 있었다.

"정객은 중요한 역할이니까 유키노 씨에게 부탁할게요."

"네, 알겠습니다."

"차객이 후쿠자와 씨. 삼객은 히토미."

"네." "네."

"말석도 여러 가지로 할 일이 많으니까. 사나에, 부탁할게."

"알겠습니다."

그리고,

"이번 정주는 모리시타 씨예요."

내가 그만두려고 한다는 걸 선생님은 모른다. 어떻게 하지, 한순간 망설였다.

"……네, 해 보겠습니다."

하지만 이내 그렇게 대답하고 말았다.

"거듭 말하지만, 다들 책임감을 가지고 자신의 역할을 예습해 오세요. 특히 정주와 정객은 다사의 전체적인 흐름이 머릿속에 제대로 들어 있지 않으면 할 수 없는 일이니까 확실히 공부해 오도록 하세요."

선생님이 몇 번이나 강조한 이유를 다도 책의 '다사' 페이지를 읽고서야 납득했다.

'엄청난 일이 되어 버렸네.'

휘리릭 읽은 정도로는 뭐가 뭔지 알 수 없었다. 몇 번이나 되풀이해서 읽었지만 역시 감당이 안 되었다. 정말 진지하게 임해야 할 것 같아 한 손에 빨간 색연필을 들고 책과

씨름했다. 좀처럼 전체 흐름이 보이지 않아 대본을 만들어 보았다. 그러자 종이 여섯 장에 이르는 긴 대본이 완성되었다. 다사가 얼마나 장대한지 새삼스레 깨달았다.

"살림살이를 겨우 갖추고 변변치 못한 식사를 대접합니다.""모쪼록 한 잔 받겠습니다."처럼 사극 같은 대사도 많았다. 문장만 가지고는 실감이 나지 않아서 부엌에서 그릇을 꺼내 실제로 연습해 보았다.

아이러니하게도 나는 그만둘 결심을 하고 나서야 처음으로 진지하게 다도를 공부하고 있었다. 몇 번이나 리허설을 반복했다. 이윽고 안개 너머로 어렴풋이 다사의 구성이 보이기 시작했다.

다사 당일, 선생님 집 부엌에는 전통 료칸의 주방처럼 그릇들이 빽빽이 쌓여 있었고 도와주시는 분이 일을 하고 있었다. 요리는 이미 전날부터 시작되었다. 이날 선생님이 도코노마에 건 족자는 이런 문구였다.

소나무는 예나 지금이나 그 빛깔이 변함없고.

松無古今色

학생들의 첫 다사인 만큼 그 출발을 축하하는 소나무 족자를 고른 것이다.

　나는 어머니에게서 빌린 분홍색 무지 기모노를 입고 있었다. 손님들이 모일 시각이 가까워지자 현관 바닥과 다실 정원에 물을 뿌렸다. 정오가 되기 조금 전에 손님 전원이 모여 자리로 들어갔다.

　"자, 첫 자리初座*의 인사를 하렴."

　"네."

　내가 장지문을 열자 모두가 일제히 절을 했다.

　그렇게 다사가 시작되었다.

● 숯 데마에, 가이세키, 화과자가 나오는 다사의 전반부. 그다음 손님은 잠시 정원에서 휴식을 취하고, 진한 차와 연한 차를 마시는 끝자리後座가 이어진다

모든 것에는 이유가 있다

초등학교 때 책받침에 철가루를 뿌리고 밑에서 자석을 움직이며 놀았던 적이 있다. 그러면 자석을 움직일 때마다 이쪽저쪽에 흩어져 있던 철가루 알갱이들이 마치 병정들이 구령에 맞춰 움직이는 것처럼 자기력에 의해 고운 이랑을 만들었다.

지금까지는 다도에서 배웠던 다양한 데마에가 머릿속에 뿔뿔이 흩어져 있었다. 하지만 다사에서 정주를 경험하고 나자 숯 데마에, 가이세키, 진한 차 데마에, 연한 차 데마에로 연결되며 철가루의 이랑처럼 정갈한 흐름이 생겼다.

뒤죽박죽이었던 직소 퍼즐의 조각과 조각이 이어지며 그런 순서로 진행되는 이유가 보이기 시작한 것이다.

진한 차에는 다량의 카페인이 함유되어 있다. 텅 빈 위에는 자극이 너무 강하다. 그래서 진한 차를 마시기 전에 가이세키 요리를 먹으며 비어 있는 위를 채워 두는 것이다.

그리고 가이세키 요리의 식후에 곁들이는 디저트가 화과자다.

'그렇구나! 평소에는 다사의 흐름 중에서 가이세키를

생략하고, 디저트인 화과자와 진한 차 부분을 연습하는 거 였어.'

진한 차를 맛있게 만들려면 물이 아주 뜨거워야 하는데, 11월 이후의 추운 계절에는 물이 차가워서 끓을 때까지 시 간이 걸린다.

'그래서 가이세키 전에 숯 데마에를 하는 거구나!'

그리고 숯 데마에를 할 때는 손님들이 화로 주변에 모여 든다.

'숯불을 보면서 몸을 녹이는 거야. 그리고 가이세키를 즐 기는 동안 물이 끓으면서 추웠던 방이 따뜻해지는 거고. 정 말 체계적이잖아!'

알고 보니 그 흐름은 실로 합리적으로 이루어져 있었다. 다양한 부분들이 딱 맞아 떨어졌다. 모든 것에 이유가 있 고, 쓸데없는 것은 아무것도 없었다.

다사는 우리가 매주 연습해 온 것들의 집대성이었다. 연 한 차부터 시작해서 매주 반복해 왔던 진한 차와 숯 데마 에는 다사를 부분적으로 나누어서 연습한 것이었다.

악장마다 단락을 구분하고 바이올린, 첼로, 플루트, 호른 등 악기별로 나누어 몇 년에 걸쳐 파트 연습을 해 왔다. 그 리고 오늘 처음으로 풀 오케스트라로 전 악장을 처음부터 끝까지 연주한 것이다. 더듬거리며 띄엄띄엄 한 연주였지만.

우리는 어둑어둑해지고 난 뒤에야 선생님의 집을 나섰

다. 갈림길에 와서 잘 가라는 인사를 할 때까지, 다들 가슴
속에서 무언가를 되새기고 있었다. 우리는 한 무대에 섰다.
그리고 우리가 연주했던 것이 장대한 교향곡이라는 사실을
알고 있었다.

전환점

그다음 주가 되자 다도 수업은 평소와 똑같은 모습으로 돌아갔다. 구름 한 점 없이 맑고 푸르른 11월 말의 토요일이었다.

그날은 유독 하늘이 높고 공기는 맑고 차가웠다. 대문을 나서자 아스팔트 길이 보이지 않을 정도로 낙엽이 쌓여 있었다. 낙엽을 밟으며 선생님의 집을 향해 걸었다. 자박자박한 걸음씩 내딛을 때마다 구두 밑에서 낙엽이 콘플레이크처럼 바삭바삭 경쾌한 소리를 내며 바스러졌다. 가로수는 앙상해지고 거리의 풍경이 싹 바뀌어 있었다.

'여기가 어디지?'

나는 아주 잠깐, 모르는 거리를 헤매고 있다고 착각했다. 눈이 가득 쌓인 날 똑같은 기분을 느낀 적이 있다. 거리는 온통 낙엽에 뒤덮여 있었다.

선생님 집에 도착해 다도실의 장지문을 열자 방 안은 포근하고 따뜻했다.

"이제 막 유키노 씨가 진한 차를 준비하려던 참이야. 들

어오렴."

나는 자리로 들어가면서 늘 하듯이 도코노마에 눈길을
주었다.

문을 열자 낙엽들로 가득하구나.

開門多落葉

'그래, 오늘 이런 풍경 속을 걸어온 거지?'

족자가 그렇게 말하는 것 같았다.

"자, 빨리 과자를 집으렴. 오늘 아침에 간다에 있는 사사
마까지 가서 사 온 거란다."

앞에 놓인 검은 칠기 과자 그릇의 뚜껑을 열었을 때 앗,
하고 탄성을 질렀다. 새까만 칠기 그릇의 어둠 속에 노란색
에서 타는 듯한 주황색으로 서서히 물든 낙엽이 둥그렇게
말려 있었다.

그 아름다운 색조를 바라본 다음 과자 자르는 도구로 작
게 잘라 입에 넣었다. 팥 앙금과 찹쌀로 만든 잎사귀가 둥
글게 말린 채로 동그란 팥소를 감싸고 있어서 매끄러운 단
맛이 일품이었다.

김이 모락모락 피어오르는 가마 앞에서 유키노 씨가 진
한 차를 개었다. 'の' 자를 그리며 차선을 천천히 들어 올리
자 암녹색으로 젖은 차선 끝에서 진한 차가 토로록 떨어졌

다. 손을 가지런히 모으고 다완을 두 번 돌린 뒤, 정면이 이
쪽을 향하게 해서 다시후쿠사와 함께 내놓는다.

"먼저 실례하겠습니다."

옆 사람에게 인사를 하고, 묵직하고 두꺼운 오리베 다
완*을 손에 들고 입술에 댔다.

뜨겁고 진한 녹색의 액체가 화과자의 달콤함과 한데 어
우러졌다. 정말 맛있게 만들어진 진한 차를 맛볼 때면 게장
이나 푸아그라 같은 깊고 농후한 맛 속으로 층층이 빠져
들어가는 기분이 든다. 처음 마셨을 때는 쓴맛에 무심코 얼
굴을 찌푸렸는데 어느새 이 진한 맛을 맛있다고 느끼는 내
가 있었다. 특히 이날은 미각 세포 하나하나가 열려 있는
기분이 들었다.

다완에서 얼굴을 들자 녹색 바람이 세포 사이로 빠져나
가는 듯한 상쾌함이 느껴졌다. 타액까지 진하게 달짝지근
한 뒷맛이 남았다.

어쩜 이렇게 행복할까.

데마에를 끝내고 유키노 씨가 일어서서 장지문을 열었
다. 그러자 복도 저편의 유리문 너머로 끝없이 펼쳐진 푸른
하늘이 보였다. 한없이 높이 빨려 들어갈 것 같은 기분이

• 센노 리큐의 제자인 후루타 오리베가 창시한 기법으로 만든 다완. 청록색 유약
  을 사용하는 것이 특징

들었다.

'기분 좋다.'

하늘을 향해 심호흡하면서 나를 해방시켰다.

그때 내 안에서 목소리가 들려왔다.

'이대로도 괜찮지 않을까?'

'뭐?'

'언제 그만둬도 상관은 없지만, 그저 맛있는 차를 마시러 여기에 오는 거야. 지금까지 쭉 그래 왔잖아. 이대로도 괜찮지 않을까?'

내 안에서 들려오는 소리가 꼭 하늘에서 내려오는 것 같았다.

그만둔다, 그만두지 않는다, 어느 쪽이든 상관없는 문제였다. Yes나 No의 문제와는 달랐다. 그저 그만둘 때까지 그만두지 않는 것으로 충분했다.

'그래. 빠릿빠릿하지 않아도 돼. 믿음직하지 못한 선배더라도 상관없어. 다른 사람과 비교하지 말자. 나는 나만의 다도를 해 나가면 되는 거야.'

무겁게 짊어지고 있던 짐을 내려놓았다. 어깨의 힘이 빠지고 홀가분해졌다. 나는 맨몸으로 그곳에 앉아 있었다.

'그래, 이대로도 괜찮은 거였어.'

11장

이별은 반드시 찾아온다

늦은 자립

나는 서른세 살이 되어서 뒤늦게나마 부모님 곁을 떠나 전철로 30분 떨어진 곳에서 혼자 살기 시작했다. 이제까지 걸어서 10분이 채 걸리지 않았던 다도 수업에도 전철로 다니게 되었고, 돌아오는 길에 본가에 들러서 부모님에게 얼굴을 비추는 것이 토요일의 일상이 되었다.

본가에 얼굴을 내밀면 아버지는 늘 이렇게 말했다.

"왔니? 저녁 먹고 가거라. 가끔은 가족끼리 다 같이 먹어야지."

아버지는 식사 시간 내내 즐거운 듯이 술을 마시고, 같이 마시자고 권하며 싱글벙글했다. 예순여섯의 아버지는 머리도 하얗게 세어서 이제 완전히 마음씨 좋은 할아버지 같은 모습이 되었다.

아직 여덟 시도 되지 않았는데 "오늘은 늦었으니까 자고 가지 그러니."란다. 어디 그뿐인가. 해도 지기 전부터 밤이 늦었으니 자고 가라고 하기 일쑤였다. 자고 가라는 말은 아버지의 입버릇이 되었다.

하지만 난 한 번도 그러겠다고 대답하지 않았다. '단란한 가족'을 원하는 아버지에게 등을 돌리듯 아무리 늦어도 내가 사는 아파트로 돌아갔다. 나는 중학생 때부터 줄곧 아버지에게 반항해 온 딸이었다. 그것은 늦은 홀로서기를 시작한 딸의 고집과 허세이기도 했다.

일기일회

그 무렵 다케다 선생님의 다도 교실에서는 평소 하는 데 마에 외에도 몇 번씩 날을 정해서 교대로 정주와 정객 역할을 하며 다사 연습을 하곤 했다.

다사의 흐름을 몇 번 반복하는 동안 외국 영화에 등장하는 만찬회에도 꼭 닮은 장면들이 나온다는 사실을 깨달았다. 이를테면 정식 초대장을 받아서 정장을 갖춰 입고 오는 것도 그렇고, 전원이 대기실에 모인 다음 다이닝 룸인 다실에 들어가는 것도 그랬다.

만찬회에서 긴 식사가 끝나면 숙녀는 화장을 고치고 신사는 담배를 피우러 가는데, 다사에서도 가이세키를 마치고 정원에 나가면 반드시 의자에 담배합과 담뱃대가 준비되어 있다.

레스토랑에서 와인을 유리잔에 조금 따른 다음 와인의 색을 보고 맛과 향을 확인한 뒤 "좋습니다." 하고 끄덕이는 광경을 볼 수 있다. 다도에서도 진한 차를 한 모금 마신 뒤 정주와 정객 사이에서 "어떠신가요?" "아주 좋습니다." 하고 대화를 주고받는 일종의 '테이스팅' 과정이 존재한다. 소믈

리에가 "샤토 마고 83년산입니다." 하고 와인을 설명하듯이 "차명茶銘*이 어떻게 되나요?" "와카마쓰노무카시若松の昔**입니다." "차 브랜드는요?" "잇포도라는 곳입니다." 하며 정객과 정주가 진한 차의 상표명이나 가게 이름을 주고받는다.

차와 와인은 닮은 점이 무척 많다.

그해 5월에 딴 찻잎을 차 단지에 담아 가을까지 저장한 뒤, 11월 초순 화로를 개시할 때 처음 차 단지의 봉인을 뜯고 찻잎을 맷돌로 간다. 이렇게 새 차를 담아 놓은 단지를 처음 개봉하는 날 여는 다사, 즉 '정월의 다사口切りの茶事'는 다사 중에서도 제일 정식 다사라고 한다. 이때부터 그해의 새 차를 마실 수 있게 된다. 그래서 화로를 개시하는 시기를 '다인의 정월'이라고 부른다. 그러고 보면 햇와인의 봉인을 뜯으며 축하하는 보졸레 누보의 출시일도 11월이었다.

다사 때 선생님은 자주 이렇게 말했다.

"여러분, 진지하게 임해야 해요. 다사에 참여할 때는 정주도 손님도 이번이 '일기일회'의 다사라고 생각하고 마음을 담아서 하는 법이니까요."

일기일회一期一會란 일생에 단 한 번뿐이라는 의미다.

---

* 다도에서 찻잎에 붙이는 고유한 이름
** 어린 소나무의 옛날이라는 뜻

"만일 몇 번이나 같은 정주와 손님이 모여 다사를 연다고 해도, 오늘과 똑같은 모임이 될 수는 없어요. 그러니까 일생에 한 번뿐이라는 마음가짐으로 하는 거예요."

조금 알 듯 말 듯 감이 오지 않았다. 같은 사람들이 모이더라도 결코 똑같은 모임이 될 수 없다는 말은 알 것 같다. 하지만 기껏해야 식사와 차를 나누는 모임일 뿐인데 왜 '일생에 한 번뿐'이라며 의미를 부여해야 하는 걸까?

"너무 거창하다고 생각하지 않아?"

다사가 끝나고 집으로 돌아가는 길에 천천히 걸어가면서 유키노 씨에게 말했다. 그러자 유키노 씨가 대답했다.

"아마도 센노 리큐•가 살았던 시대 탓도 있지 않을까?"

센노 리큐가 차를 체계화한 아즈치 모모야마 시대••는 오다 노부나가와 도요토미 히데요시의 천하였다.

"어제까지 건강했던 친구가 오늘 죽는 일도 허다했으니까 이 사람을 만나는 것도 오늘이 마지막이 될지도 모른다는 절박함을 항상 갖고 있었던 게 아닐까?"

"시대 때문인가……."

센노 리큐는 천하를 손에 넣은 도요토미 히데요시의 차를 담당하고 있었다. 하지만 도요토미 히데요시의 노여움

• 일본 다도를 정립한 인물로 도요토미 히데요시의 총애를 받았다
•• 통상적으로 1568년 또는 1573년부터 1603년까지를 이른다

을 사서 제자는 참살당하고 최후에는 센노 리큐 자신도 할복을 명령받았다. 이처럼 누군가를 만나 함께 먹고 마시는 일이 '일생에 한 번뿐'이 되는 일이 너무도 많던 시대였기 때문이리라.

"게다가 비행기도 전철도 전화도 없는 시대였고, 모두들 걸어 다녔잖아? 다른 사람을 만나는 게 지금처럼 간단하지 않았던 거야. 그러니까 다들 한 번 만났다가 헤어지면 언제 다시 만날 수 있을지 정말 알 수 없었던 거겠지."

현대를 살아가는 우리는 이것이 마지막이 될 거라고는 생각하지 않는다. 언제나처럼 언제나의 장소에서 '다음 주에 또 만나.' 하고 헤어진다.

헤이세이 2년의 춘분날, 구름 한 점 없이 맑고 포근한 날씨였다. 갑자기 아버지에게서 전화가 왔다.

"볼일이 있어서 근처에 왔는데, 잠깐 너희 집에 들러도 되겠니?"

아버지가 먼저 전화를 걸다니, 무척 드문 일이었다.

그런데 그날은 옛 친구가 집에 놀러 와 있었다. 그 말을 하자 아버지는 "그러냐, 알겠다. 괜찮아, 괜찮아. 다음에 보면 되니까." 하고 전화를 끊었다.

그날 밤 친구와 밤늦게까지 수다를 떨었다. 그리고 친구가 돌아간 뒤 왠지 아버지를 만나고 싶다는 생각이 들었다.

낮에 모처럼 전화를 주었는데 만나지 못했던 게 묘하게 마음에 걸렸다.

이미 열한 시가 넘었다. 지금 출발하면 집에 돌아오는 전철은 끊긴다. 평소였다면 가려고 하지 않을 시간이었다. 그런데 이상하게 자꾸 신경이 쓰였다. 아버지를 만나러 가고 싶었다. 딱히 할 말이 있는 것은 아니었다. 그저 얼굴을 보는 걸로 충분했다.

서둘러 외출할 준비를 하면서 집에 전화를 걸었다. "지금 잠깐 들를게."라고 말할 생각이었다.

"아빠는?"

"응? 벌써 주무셔."

엄마의 목소리는 느긋했다. 어쩐지 안심이 되어서 이런저런 이야기를 나누었다.

"다도 끝나고 또 올 거지?"

"응. 토요일에 들를게."

나는 입고 있던 코트를 벗었다.

그 주 금요일 저녁, 책상 위에 있던 전화가 울렸다. 수화기를 들자 완전히 이성을 잃은 어머니의 목소리가 들려왔다.

"아빠가 쓰러지셨어! 얼른 와!"

사흘 뒤 아침, 아버지는 한 번도 의식을 되찾지 못한 채 병원에서 숨을 거두었다.

"그러냐, 알겠다. 괜찮아, 괜찮아. 다음에 보면 되니까."

그것이 아버지와 나눈 마지막 말이 되었다.

아버지가 쓰러진 날 아침, 내일은 노리코가 오니까 죽순밥을 해서 다 같이 먹자면서 기대하고 있었다는 말을 병원에서 남동생에게 들었다.

나는 흰 벽에 머리를 쿵쿵 부딪치면서 기억해 내려고 애썼다.

'언제였더라? 마지막으로 가족끼리 식탁에 둘러앉았던 게 언제였더라?'

나는 다급히 시간을 돌이키려 했다. 과거로 돌아갈 수 있다고 생각했다. 그리고 돌아갈 수 없다는 것을 깨달았다. 평범하고 진부하다고 생각했던 단란한 네 식구의 모습은 이제 두 번 다시 볼 수 없다. 그 '두 번 다시'라는 말의 냉혹함에 그 자리에 선 채 꼼짝할 수 없었다.

인간은 어느 날을 경계로 두 번 다시 만날 수 없게 되는 순간이 반드시 찾아오는 것이다.

아버지는 술을 마시면 자주 가족들에게 이런 말을 했다.

"나는 죽을 때 벚꽃처럼 한순간에 지고 싶구나."

늘 연극 대사 같은 말을 하기 일쑤였기 때문에 나도 엄마도 남동생도 "또 저런다." 하고 웃어 넘겼다. 그런데 아버지의 장례식 날, 정말로 연극의 피날레처럼 벚꽃이 하늘하

늘 흩날렸다. 화장터까지 와 주었던 다케다 선생님이 중얼거렸다.

"노리코, 벚꽃이 슬픈 추억이 되어 버렸구나."

나는 잿빛 연기를 지켜보았다.

"정말로 한순간에 가 버렸어요……."

인생에서 일어나는 사건들은 언제나 갑작스럽다. 옛날에도 지금도.

만일 미리 알고 있었다 하더라도 사람은 정말로 그 순간이 닥칠 때까지 아무런 마음의 준비도 하지 못한다. 결국 처음 느꼈던 감정 그대로 어찌할 바를 모르고 슬퍼할 수밖에 없다. 그리고 그 순간이 왔을 때 비로소 자신이 잃어버린 것이 무엇인지 깨닫게 되는 것이다.

하지만 달리 어떻게 살아갈 수 있을까? 언제나 마지막 순간이 다가올 때까지 어떠한 마음의 준비도 하지 못하고, 결국 오랜 시간이 걸려 조금씩 그 슬픔에 익숙해져 갈 수밖에 없는 인간이란 존재에게…….

그래서 나는 온 마음을 다해 생각한다.

만나고 싶다는 생각이 들면 만나야 한다. 좋아하는 사람이 있다면 좋아한다고 말해야 한다. 좋은 일이 생기면 축하하자. 사랑에 빠지면 온 마음을 다해 사랑하자. 기쁜 일이 생기면 기쁨을 함께 나누자.

행복할 땐 그 행복을 끌어안고 있는 힘껏 음미하자. 아마 그것이 인간이 할 수 있는 최선의 선택일 것이다.

그러니 소중한 사람을 만나면 함께 먹고 함께 살아가며 단란함을 만끽하자.

일기일회란 그런 것이다.

12장

내면에 귀를 기울이다

추운 계절

    토요일 다도 수업에 우오즈미 게이코라는 사십 대 독신 여성이 참가하게 된 것은 1990년부터였다. 우오즈미 씨는 관공서에서 일하는 공무원이었다.

    "예전에 다른 데서 다도를 배운 적이 있으세요?"

    "아니요, 없습니다."

    차를 배우기 시작하는 사람들은 대부분 이십 대다. 사십 대의 초심자는 드물었다.

    "왜 다도를 시작하기로 결심하셨어요?"

    "제 자신으로 돌아가서 한숨 돌릴 수 있는 시간이 필요해서요."

    우오즈미 씨도 우리와 마찬가지로 후쿠사 다루는 법과 다다미 걷는 법부터 시작했다. 우오즈미 씨는 한숨 돌리기는커녕 안쓰러울 정도로 긴장해 있었다. 손 색깔이 변할 정도로 차샤쿠를 세게 쥐고서 데마에를 하다가 선생님으로부터 번번이 주의를 받기도 했다.

    "우오즈미 씨, 힘을 조금 빼도록 해요."

    우오즈미 씨는 가장 어설픈 신입생이었다. 우리는 속으

로 이런 생각을 했다.

'역시 젊었을 때 시작하지 않으면 힘든 걸까? 저렇게 긴장해서야 오래가지는 못하겠어.'

그런데 우오즈미 씨는 그만두지 않았다. 3년이 지나 드디어 데마에에 익숙해지자 우오즈미 씨는 씩씩하게 이야기하기 시작했다.

"쓰쿠바이의 물소리가 둥글어졌어요! 이제 진짜 봄이네요."

"물 냄새가 나요. 한차례 비가 오겠어요."

다다미에 털썩 앉아 파르스름한 새 다다미를 쓰다듬으면서 말하기도 했다.

"새 골풀 냄새는 정말 좋네요."

가장 늦게 다도를 시작한 우오즈미 씨가 실은 그 누구보다 섬세하게 차의 공간을 음미하고 있었다.

"평일에는 항상 콘크리트 건물 속에 있잖아요. 다도는 일주일에 한 번, 계절을 되돌리는 귀중한 시간이에요."

그런 우오즈미 씨가 매년 11월 즈음부터는 서서히 말수가 적어진다는 사실을 깨달은 것은 5년이나 지나서였다.

"해가 짧아지면 늘 이래."

우오즈미 씨가 불쑥 말했다.

기분이 착 가라앉고 생각이 많아져서, 일상의 소소한 일들을 하면서 조용하고 기나긴 밤을 보낸다고 했다.

'그러고 보니 나도 그렇네.'

매년 풍로의 계절이 되어 남쪽 정원을 향해 다실을 활짝 열어 두게 되면, 마음도 활짝 열리고 피가 뜨거워지며 무언가 새로운 활동을 시작하고 싶어진다. 반대로 다실의 장지문이 닫힐 때면 저절로 자신의 내면을 바라보게 된다. 화롯가에 둘러앉아 타오르는 숯불을 바라보며 내성적으로 변해간다.

"하지만 이 계절도 좋은 것 같아."

우오즈미 씨는 곱씹듯이 말했다.

"활동적인 여름도 좋지만, 안으로 파고드는 계절도 좋아. 어느 쪽이 좋고 나쁜 게 아니라, 어느 쪽이든 제각각 다 좋은 거야."

인생의 경험을 쌓고서 다도를 시작한 사람은 젊어서 시작한 사람과는 또 다른 심오한 발견을 한다.

우오즈미 씨의 말을 들으면서 나는 새삼 인간의 '마음의 주기'라는 또 하나의 계절을 실감했다.

다실의 문이 열리거나 닫히는 것처럼 사람의 마음도 계절에 따라 변화한다. 열리고 닫히고, 다시 열린다. 그 주기가 호흡하듯 되풀이된다.

세상은 밝고 긍정적인 것만 가치가 있다고 여긴다. 하지만 애초에 반대가 존재하지 않으면 밝음도 존재하지 않는다. 빛과 어둠이 모두 존재할 때 비로소 '깊이'가 태어난다.

어느 쪽이 좋고 어느 쪽이 나쁜 것이 아니라 어느 쪽이든 저마다 좋은 것이다. 인간에게는 그 양쪽이 모두 필요한 법이다.

솔바람이 멈출 때

사촌인 미치코와 함께 처음으로 다회에 갔을 때였다. 일본식 정원 안에 자리 잡은 오래된 다실의 외벽을 가리키며 선생님이 말했다.

"니지리구치˙ 옆에는 '칼걸이'라는 것이 있는데, 옛날 무사들은 그곳에 칼을 걸어 두고 다실에 들어갔단다."

"그런 게 있었군요."

옛날에는 다도를 신분 높은 남자들이 갖추어야 할 교양으로 여겼기 때문에 이름 있는 무사들은 반드시 차를 즐겼다. 도요토미 히데요시는 센노 리큐를 전장에까지 데려가서 차를 내오게 했다고 한다.

하지만 오늘날의 다회는 여자의 바다가 되어 여기저기에서 한가로이 호호거리는 소리가 들려온다.

다도가 남성의 전유물이었다는 사실이 믿기지 않을 정도다. 목숨을 걸고 권력을 쟁취하며 권모술수를 꾸미고 피

˙ 다실로 들어가는 작고 네모난 출입구

비린내 나는 전장을 동분서주하던 전국무장들이 차를 마시고 있었다니.

"지금으로 치면 정치가들이 고급 요릿집에서 비밀 회담을 하는 느낌 아닐까?"

"아, 비밀 회담이란 말이지. 진짜 그런 걸지도 모르겠다."

그로부터 20년이 지나 마흔 살이 되었다.

마흔이 불혹의 나이라는 건 거짓말이었다. 인생의 다양한 문제가 밀려들어 왔다. 직업의 방향성, 집안 문제, 부모님의 노후, 나의 미래…….

취직 문제로 불안해했던 이십 대 때는 토요일이 되면 한가롭게 차나 마시고 있을 때가 아니라며 안절부절못하곤 했다. 하지만 사십 대가 된 지금은 고민거리가 있을수록 다도를 하러 가고 싶어졌다.

"가마 앞에 앉으면 제대로 가마 앞에 있도록 해. 마음을 '무無'로 만들고 집중하는 거야."

선생님은 그렇게 말하곤 했다.

20년 동안 다도를 해 왔지만 나는 아직도 '무'가 되지 못했다. 머릿속은 늘 여러 가지 생각들로 가득했다. 직장 일이 신경 쓰인다. 집에 가서 정리해야 할 물건들도 있다. 망설임, 후회, 걱정……. 그런 것들이 꼬리에 꼬리를 물고 끊임없이 솟아났다.

어쩐지 이십 대보다 삼십 대, 삼십 대보다 사십 대에 더, 나이가 들면 들수록 '무'와는 점점 더 멀어지는 기분이었다. 머리를 식히고 싶어도 쉴 수가 없다. 생각하고 싶지 않아도 생각하게 된다.

마치 머릿속에서 다람쥐를 한 마리 키우고 있는 것 같았다. 그 녀석이 데굴데굴 쳇바퀴를 돌리고 있어서 쉴 수가 없는 것이다.

다실 안에는 늘 조용하고 나직하게 울리는 소리가 있다. '솔바람'이라고 한다. 가마의 바닥 안쪽에 옻칠한 쇳조각이 붙어 있어서 소리가 울리도록 설계되어 있는 것이다.

뜨거운 물이 끓기 시작하면 솔바람이 띄엄띄엄 소리를 내기 시작한다.

시, 시, 시, 시.

그러다 이윽고 그 소리가 하나로 이어진다.

시——.

뜨거운 물이 펄펄 끓으면 솔바람은 휘유, 하는 소리를 내며 격하게 휘몰아친다. 차와 솔바람은 한 몸과 같다.

평소와 같은 어느 토요일, 사나에가 느긋하게 데마에를 하고 있었다. 다들 말없이 사나에의 움직임을 바라보고 있었고 조용한 다도실 안에는 솔바람만이 울리고 있었다.

내 머릿속에서는 여전히 다람쥐가 데굴데굴 쳇바퀴를 돌리고 있었다. 끊이지 않는 생각들이 쉴 새 없이 이어졌다.

시——.

'…….'

내 안에서 들려오는 끊임없는 속삭임을 듣고 있는 동안, 머릿속에서 솔바람이 울리고 있는 듯한 기분이 들었다. 내면의 목소리와 외부의 소리가 하나가 되어, 안과 밖의 경계를 알 수 없게 되었다.

휘유——.

뜨거운 물이 보글보글 끓으며 솔바람이 휘몰아친다. 하얀 수증기가 소용돌이치며 피어올랐다.

그 펄펄 끓는 가마 입구에 사나에가 차가운 물을 한 국자 부었다.

그러자 솔바람이 뚝 멈추었다.

——.

수 초간의 침묵. 머릿속이 진공 상태가 되었다.

생각하지 않는다. 아무 생각도 하지 않는다. 머릿속에 잠보다 깊은 수 초간의 안식이 찾아왔다.

숨을 멈추었다. 그저 기분이 좋았다. 짧은 죽음과도 같은 안식이었다.

'아아…….'

그곳에 있는 모두가 숨을 멈추고 침묵에 몸을 맡긴 채 스스로를 위로했다. 시간이 멈춘 것만 같았다.

그리고 다시금 솔바람이 울리기 시작했다.

시, 시, 시, 시.

겨우 수 초간의 공백. 그토록 기분 좋은 '틈'을 나는 알지 못한다.

그 순간 20년 전 선생님에게 들었던 칼걸이 이야기가 떠올랐다.

당시의 무사들은 무장을 전부 해제한 뒤에 그 작은 문을 통해 다실로 들어갔다. 다실은 긴 칼을 든 채로는 들어갈 수 없도록 설계되어 있었다.

그것은 무사가 무거운 역할에서 해방되어 한 사람의 인간으로 돌아간다는 뜻이기도 했다.

먹느냐 먹히느냐, 일국의 명운을 짊어진 전국시대 무장들이 느꼈을 어마어마한 압박감은 나로서는 상상조차 되지 않는다. 아무리 담대한 무장이라도 밀려드는 고민과 망설임, 불안으로부터 언제든 자유로울 수는 없었을 것이다.

그렇기 때문에 전국시대 무장들은 절실히 '무'를 추구했던 것이 아닐까.

이 세상에서는 결코 '무'가 될 수 없었던 무사들이 목숨 다음으로 소중한 칼을 내려놓고, 작은 입구를 빠져나가 하나의 개인이 되어, 그저 잠시간의 깊은 '안식'을 구했던 것일지도 모른다.

솔바람이 멈춘 그 몇 초간 찾아온 것과 같은, 숨을 죽이고 공백 속에서 자신을 해방시키는 깊은 안식의 순간을.

　시——.

　나직하고 조용하게, 솔바람이 울리고 있다.

13장

비 오는 날은 비를 듣는다

비를 듣다

그날 있었던 일은 결코 잊지 못한다.

1991년 6월의 어느 토요일. 차를 시작하고 15년째가 되던 해의 일이었다. 아침부터 비가 내리고 있었다.

습기가 달라붙어 몸이 나른했다. 비 오는 날의 외출은 그렇지 않아도 귀찮은 법인데, 정오가 지나자 빗발이 거세졌다.

'다도 수업 가기 싫다……'

모두가 모이는 한 시 반은 이미 지나 있었다. 나갈 때를 놓친 채 질질 끌다 보니 두 시 반이 되었다. 기다려도 비는 그칠 기미가 없다. 세 시 가까이 되어서야 겨우 무거운 몸을 일으켜 장대비를 뚫고 선생님의 집으로 향했다. 빗줄기 때문에 앞도 잘 보이지 않았다. 선생님 집의 현관으로 뛰어들었을 때는 파란 스커트가 감색으로 변해 있었고 발밑에 순식간에 물웅덩이가 생겼다.

"안녕하세요."

빗소리에 내 목소리가 묻힌 건지, "어서 오렴." 하는 선생님의 목소리가 묻힌 건지, 아무 소리도 들리지 않았다. 하지만 현관 마루 한가운데 새하얀 수건이 놓여 있었다. 그 수건만 봐도 "그걸로 발을 닦고 들어오렴." 하는 선생님의 목소리가 들려오는 듯했다. 젖은 발과 스커트를 닦고 준비실에서 평소처럼 흰 양말을 신었다.

실내는 여느 때와는 다른 모습이었다. 정원을 향해 난 넓은 남쪽 창에는 덧문이 닫혀 있었다. 어두컴컴한 복도를 지나 다도실로 들어갔다.

"늦어서 죄송합니다."

마침 우오즈미 씨가 연한 차를 타고 있었다.

"늦었잖니. 기다렸단다. 자, 지금 바로 자리로 들어가렴."

"네."

나는 도코노마도 보지 않고 총총히 자리에 앉았다.

"어서 과자를 먹으렴."

선생님이 노란 코치* 과자 그릇을 내 앞에 놓아 주었다. 두 손으로 받아 들고 뚜껑을 열었다. 그릇 속에 수국이 한 가득 피어 있었다.

'와아!'

소리 없는 탄성이 터져 나왔다.

한천을 작고 네모반듯하게 조각조각 잘라 수국 모양을

---

* 중국 남부에서 생산되던 삼채 도자기. 명칭은 베트남의 코친차이나에서 유래했다

낸 소담스러운 화과자가 진짜 나뭇잎 위에 다소곳이 놓여 있었다. 수국은 한 가지 색이 아니었다. 파란색 수국은 물론이고 자주색이나 청자색을 띤 수국도 있었다.

나도 모르게 입이 벌어졌다.

'역시 오길 잘했어!'

조장나무 젓가락으로 푸른빛 수국 하나를 가이시 위에 올려 놓고 동글동글 귀여운 모습을 바라본 뒤에, 은으로 만든 과자 자르는 도구로 꾹 눌렀다. 한천을 누르는 순간 말랑하게 가벼운 저항감이 느껴지더니 수국이 둘로 갈라지며 안에서 팥소가 나타났다. 한 조각을 입에 넣자 부드럽고 쫄깃한 팥소의 달콤함과 한천의 서늘한 감촉이 입속에서 어우러졌다.

삭삭삭삭.

차선을 젓는 소리가 들렸다. 눅눅한 공기 중에 진한 카페인의 향기가 퍼지며 김이 서린 다완이 나왔다. 그 차의 빛깔이 눈길을 사로잡았다. 비를 담뿍 머금은 이끼 같은 선명한 녹색이었다.

"감사히 받겠습니다."

비에 흠뻑 젖으며 걸어온 몸에 뜨겁고 쌉싸름하게 와 닿는 산뜻한 맛이었다.

"아, 맛있어."

나도 모르게 중얼거렸다.

외출할 때까지는 귀찮아서 그렇게 꾸물댔는데, 일단 오고 나니 왠지 속이 시원해졌다. 빗속에서 흠뻑 젖으며 걸어온 것도 지금은 오히려 기분이 좋았다.

'역시 비 오는 날에 마시는 차도 좋구나.'

데마에가 끝난 뒤 선반 위에 히샤쿠와 후타오키를 올려놓았다. 진녹색 도자기로 만들어진 그 후타오키는 수국 이파리를 둥글게 만 형태였다. 그 이파리 위에 콩알만큼 작은 무언가가 오도카니 앉아 있었다.

조그맣고 귀여운 달팽이였다.

'……아, 그랬지.'

어렸을 때는 장마가 되면 수국 이파리 위에 이런 아기 달팽이가 올라와 있는 풍경을 노란 우산을 쓰고서 바라보았다. 매년 이 후타오키의 달팽이를 볼 때마다 그 장면을 떠올리곤 한다.

'맞아. 장마 때는 늘 그랬었지.'

잊고 있기에 떠올릴 수 있는 것이었다.

"유키노 씨, 그럼 숯을 좀 조절해 줘요."

숯 데마에가 끝난 뒤 향합을 배견했다. 가마쿠라보리*의 둥글넓적한 향합이었다. 이건 무슨 모양일까?

* 가마쿠라시 특산품으로, 조각한 나무 그릇에 검게 옻칠하고 다시 붉은색 등을 덧칠해 만든 칠기

"이 향합은 뭔가요?"

다다미에 손을 댄 채 유키노 씨가 대답했다.

"삿갓입니다."

"아!"

우키요에•에서 본 적이 있다. 비 오는 날 비자나무 줄기로 짠 도롱이를 입고 머리에 삿갓을 쓴 나그네들. 그것이 옛날의 우비였다.

풍로 가마 뒤쪽에 세워 둔 목제 병풍 하단에는 동그랗게 구멍을 낸 투조 장식이 있었다. 큰 원과 작은 원이 여기저기 겹쳐져 있다.

"물방울무늬 투조 풍로용 병풍이라고 한단다."

그것은 물웅덩이에 잇따라 동그라미가 퍼져 나가는 빗방울의 파문이었다.

수국, 작은 달팽이, 삿갓, 물웅덩이에 퍼지는 파문. 그 모든 것이 내가 알고 있는 장마의 풍경이었다.

빗줄기가 갑자기 거세진 건 바로 그때였다.

폭포 같은 비가 쏴아아, 하고 선생님의 집을 뒤덮었다. 무서울 정도였다.

• 에도 시대에 성립된 회화 양식으로 주로 서민들의 삶을 다룬 당대의 풍속화

남쪽의 덧문만 닫은 어두컴컴한 다도실이 기묘한 분위기에 휩싸였다. 엄청난 빗소리에 왠지 마음이 불안해졌다. 폭풍우 치는 밤이 떠올랐다. 불안한데 이상하게도 가슴이 두근거리고 옆에 있는 다른 사람들이 갑자기 친밀하게 느껴졌다.

쏴아아아—!

목조 주택 한 채가 전부 빗소리에 지워져 사라질 것만 같았다. 빗소리가 너무 커서 실내에 있으면서도 바깥에 내리는 비가 보이는 듯한 기분이 들었다.

검은 기와지붕은 분명 부옇게 흐려져 있을 것이다. 탁류가 빗물받이를 타고 사방으로 흩날린다. 신록으로 물든 정원수 잎들이 호우 속에서 날뛴다.

팔손이나무의 커다란 잎은 후두둑후두둑 콩 부딪치는 소리를 내며 큰 빗방울들을 튕겨 낸다. 동백나무 잎은 작게 파르르 떨면서 빗물에 반짝인다. 조릿대 잎은 흠뻑 젖어 고개를 묵직이 늘어뜨리고 있다. 처마 밑 포도나무의 새잎은 채찍질하듯 격하게 고개를 휘두르고 잎사귀 뒤쪽을 하얗게 내보이며 소란을 피운다. 거센 빗줄기에 이파리 하나하나까지 씻겨 내려가 정원의 나무들이 환희하고 있다.

지붕에서 흘러내린 빗물이 폭포를 이루어 다다다다, 하고 처마를 두드린다. 커다란 웅덩이가 비늘처럼 반짝이며 요란하게 떠들어 댄다. 지나가는 차가 시냇물로 변한 아스

팔트 바닥을 달리며 쏴아아 물을 튀기고는 사라져 갔다.

빗소리 한 방울 한 방울까지 들리는 듯한 기분이 들었다.

음악을 듣고서 베이스 드럼, 팀파니, 마림바, 마라카스, 하는 식으로 악기의 음색을 제각각 구분할 줄 아는 것과 같았다. 그리고 저 너머에 모여든 빗소리가 겹겹이 쌓여 성대한 비의 음악을 구성하고 있었다.

이렇게 집중해서 비를 들어 본 적은 없었다. 빗소리의 밀림을 깊숙이 헤치고 들어가는 듯한 기분이었다. 두근두근했다. 너무도 생생해 어쩐지 좀 두려웠다. 하지만 좀 더 앞을 향해 나아가고 싶어졌다. 나는 '귀' 그 자체가 되었다.

급격히 청각이 팽창하는 듯한 느낌이 들었다. 그리고 단숨에 무언가를 관통했다.

'앗!'

한순간 귀가 멀어 버린 듯한 감각이 찾아왔다.

——.

나는 아무것도 없는 넓은 공간에 덩그러니 앉아 있었다.

'여기는 어디지?'

나를 가로막는 것은 아무것도 없었다.

실수해서는 안 된다는 긴장감도, 늘 마음속에 끌어안고 있는 직업에 대한 문제도, 오늘 집에 가서 해야 할 일들도, 아무것도 없었다.

더욱더 노력해야 한다는 생각도, 타인으로부터 좋은 평

가를 받지 못하면 무가치한 존재가 아닐까 하는 불안도, 남에게 약한 모습을 보이고 싶지 않다는 공포심도 전부 사라져 있었다.

어마어마한 자유였다. 살갗이 아플 정도로 격렬하게, 크고 따뜻한 빗방울을 온몸으로 받아들이고 있는 듯했다. 너무나 기쁘고 즐거워서 아이처럼 환호성을 지르면서, 눈도 뜰 수 없을 만큼 억수같이 쏟아지는 작달비에 씻겨 내려가는 것 같았다. 이제까지 알지 못했던 자유였다.

아무리 멀리 가더라도 그곳은 나를 이루는 넓은 저변이었다.

계속 여기에 있었고 어딘가에 갈 필요도 없었다.

해서는 안 되는 것은 아무것도 없다.

해야만 하는 것도 아무것도 없다.

부족한 것도 무엇 하나 없다.

나는 그저, 여기에 있다는 것만으로도 모든 것을 온전히 충족시키고 있었다.

쏴아아아—!

귀가 멀어 버린 듯한 감각이 사라지고, 나는 여전히 그 자리에 앉아 있었다.

"……."

아마 단 몇 초, 혹은 몇십 초간의 일이었을 것이다.

그때 오늘은 한 번도 도코노마를 보지 않았다는 것이 생각났다. 나는 아무 생각 없이 뒤를 돌아보았다. 몸을 틀어 올려다본 시선 끝에 족자가 있었다.

짤막한 족자에 한자 두 글자가 커다랗게 쓰여 있었다.

비를 듣다聽雨.

'……비를 듣다!'

족자에서 눈을 뗄 수 없었다.

쏴아아아ㅡ!

빗소리에 둘러싸인 채, 그 순간 내가 결정적인 장면을 맞닥뜨렸다는 사실을 깨달았다. 마치 암호가 딱 맞아떨어져서 평소에는 열리지 않던 특별한 문이 활짝 열린 순간 같았다.

사실 전에도 이 족자를 본 적이 있었다. 하지만 대수롭지 않게 생각했다.

"비가 오니까 비의 족자를 걸었나 보지?"

나는 그저 '글자'라는 기호를 읽은 것뿐이었다.

"비가 오는 날엔 비를 들으렴. 몸도 마음도 제대로 여기에 있는 거야. 오감을 사용해서 지금 이 순간을 마음껏 맛보렴. 그러면 알게 될 거야. 자유로워지는 길은 언제나 지금 여기에 있단다."

나는 언제나 과거를 후회하거나 아직 오지 않은 미래를 괴로워하고 있었다. 아무리 고민해 봤자 지난날로 돌아갈 수도 미래를 앞서 나가 준비할 수도 없는데.

과거나 미래를 생각하는 한 안심하고 살아갈 수 없다. 길은 하나밖에 없다. 지금을 즐기는 것이다. 과거도 미래도 아닌 지금 이 순간에 몰두할 때, 인간은 자신이 가로막는 것 없는 자유 속에서 살아가고 있다는 사실을 깨닫게 된다.

비는 줄기차게 쏟아지고 있었다. 나는 숨 막힐 듯한 감동 속에 있었다.

비 오는 날에는 비를 듣는다. 눈이 오는 날에는 눈을 바라본다. 여름에는 더위를, 겨울에는 몸이 갈라질 듯한 추위를 맛본다. 어떤 날이든 그날을 마음껏 즐긴다.

다도란 그런 '삶의 방식'인 것이다.

그렇게 살아간다면 인간은 고난과 역경을 마주한다 해도 그 상황을 즐기며 살아갈 수 있을지도 모른다.

우리는 비가 내리면 "오늘은 날씨가 안 좋네."라고 말한다. 하지만 사실 안 좋은 날씨 같은 건 존재하지 않는다. 비 오는 날을 이런 식으로 맛볼 수 있다면 어떤 날도 '좋은 날'이 되는 것이다. 날마다 좋은 날이.

'날마다 좋은 날?'

스스로 생각한 그 말이 툭, 하고 무언가에 부딪쳤다. 기

억이 났다. 어딘가에서 만난 적이 있었다. 몇 번이나, 몇 번
이나.

그때 자연히 어두운 중인방 위로 눈길이 향했다. 그곳에
는 언제나 그 액자가 있었다.

일일시호일.

'……!'

날마다 좋은 날.

어쩌면 이리도 딱 들어맞을 수 있을까. 소름이 끼칠 정
도였다.

나 자신을 포함해 그곳에 존재하는 모든 것이 잘 짜인
한 필의 천처럼 이어져 있었다.

'일일시호일'이 적힌 액자는 처음 선생님의 집에 왔던 날
부터 줄곧 그 자리에 걸려 있었다. 처음으로 다회에 갔던
날에도 족자에 같은 말이 쓰여 있었다. 그 후로도 몇 번이
나 그 말을 보았다.

계속 눈앞에 있었지만 지금 이 순간까지 보이지 않았다.

"눈을 뜨렴. 인간은 어떤 날이든 즐길 수 있어. 인간은 그
사실을 깨달을 절호의 기회가 연속되는 가운데 살아가고
있어. 지금 네가 그 사실을 깨달은 것처럼 말이야."

그 메시지가 절절히 와닿아 가슴을 울렸다.

마치 두 다리로 대지에 우뚝 서서 온몸으로 비를 맞으며
세계와 대치하고 있는 듯한 기분이었다.

숨을 깊이 들이마시며 마음속으로 생각했다.

'지금 이 순간의 감각을 잊지 말고 살아가자.'

14장

~~~~~~

성장을 기다리다

가르치는 것, 가르치지 않는 것

15년째 가을, 유키노 씨와 함께 '본텐'이라는 데마에를 배웠다.

다도에 입문한 뒤 14년 동안 강습, 사쓰바코茶通箱•, 가라모노, 다이텐모쿠에 이르기까지 하나하나 계단을 올라가듯 배워 온 데마에의 마지막 단계였다.

하지만 다도에 졸업이란 것은 없었다.

다도 수업에 갈 때면 여전히 "먼저 오른손으로 잡은 다음에 왼손으로 바꿔 드는 거야." "다다미의 단이 보이지? 두 번째 단이 있는 곳에 내려놓으렴." 하면서 판에 박은 듯한 데마에를 반복했다.

기억을 되짚어 보면 십여 년 전부터 품어 온 의문이 있었다.

선생님은 오로지 데마에에 대해서만 이야기한다. 물론

• 한 손님에게 두 종류의 진한 차를 대접하는 데마에

처음 다도를 시작했을 때는 그럴 수 있다고 생각했다. 하지만 3년, 5년이 지나고 그럭저럭 순서를 익힌 뒤에도 마찬가지였다.

"뜨거운 물은 밑바닥에서부터 뜨도록 해."

"그럴 땐 좀 더 위쪽에서 따르는 편이 좋단다."

선생님은 여전히 구체적인 동작이나 순서만 알려 주었다.

다도라는 건 그저 데마에를 하는 것뿐인 건가?

지금까지 느끼지 못했던 계절을 느끼고, 오감이 변화하는 것을 깨닫게 되자 점점 그런 생각이 들었다.

'선생님은 왜 데마에에 대해서만 이야기하는 걸까? 순서가 그렇게 중요한가? 데마에를 완벽하게 할 수 있게 된다고 한들 그게 뭐 어쨌다는 거야?'

그런 나의 생각에도 아랑곳없이 선생님은 십 년 동안 줄곧 데마에의 세세한 부분들을 지적했다.

"시간이 지나고 익숙해지면 무심코 세세한 부분을 생략하거나 자기만의 버릇이 나오기 쉬우니까. 처음 연습을 시작했을 때와 똑같이, 세세한 부분까지 신경 써서 데마에를 하는 것이 중요하단다."

선생님은 마음의 깨달음에는 관심이 없는 것 같았다.

'내가 선생님이었다면 반드시 마음의 깨달음에 대해 이야기할 텐데……'

그러나 13년째 되던 해에 다사를 공부하며 그동안 배워 온 다도의 전체적인 모습이 조금이나마 보이게 되자, 가끔씩 시간이 멈춘 듯한 정적 속에서 이렇게 생각하게 되었다.

'어쩌면 선생님은 생각하고 있으면서도 말하지 않았던 걸지도 몰라.'

무언가에 귀를 기울이고 있는 듯 가볍게 눈을 감고 있던 선생님의 몸이 아주 살짝 흔들린다. 그리고 눈을 뜬 순간, 금방이라도 무언가 말하려는 듯한 표정을 지을 때가 있다. 하지만 선생님은 조용히 숨을 내쉬고 눈웃음을 지을 뿐이었다.

'선생님은 어째서 아무 말도 하지 않는 걸까?'

이유를 알 수 있을 것만 같은 기분이 든 것은 6월의 토요일, 억수처럼 쏟아지는 작달비 속에서 '비를 듣다.'라는 족자를 본 날이었다.

나 또한 결국 아무 말도 할 수 없었다.

입 밖으로 꺼내 말로 하면 분명히 허사가 되리라는 것을 알았다. 마음과 감정을 말이 따라가지 못하는 것이다.

그러니까 아무 말도 하지 않은 채, 내 몸과 같은 크기로 치밀어 오르는 마음을 꾹 삼키며 앉아 있을 수밖에 없었다. 그리고 빠져나갈 길 없는 내 안의 마음에 눈시울이 조금 뜨거워졌다.

"……"

그때 절절히 느꼈다. 사람의 마음은 이렇듯 밖에서는 보이지 않는다.

다도의 풍경은 밖에서 보면 그저 조용히 앉아 있는 것에 지나지 않는다. 그러나 보이지 않는 곳에서 동시에 다른 일이 일어나고 있는 것이다.

그 정적은 농밀하다.

달려 나가 이 기분을 누군가에게 전하고 싶다는 가슴속 열기와, 말이 따라가지 못한다는 덧없음과, 말하고 싶지만 말할 수 없다는 안타까움이 서로 다투어 만들어 내는 침묵.

침묵이 이렇게 뜨거운 것이었나.

옆자리에 조용히 앉아 선생님과 같은 마음을 나눈 듯한 기분이 들었다.

선생님은 말하지 않는 것이 아니다. 말로는 전할 수 없는 것들을 무언無言으로 이야기하고 있었던 것이다. 선생님이 정말로 가르치고 있었던 것은 눈에 보이는 데마에가 아니었다.

선생님 집의 현관을 들어서면 언제나 제일 먼저 신발장 위에 놓인 꽃이며 서화지가 눈에 들어왔다. 더운 날에는 쓰쿠바이의 물이 넉넉하게 흐르고 있다. 과자 그릇의 뚜껑을 열면 아름다운 화과자가 가지런히 담겨 있다. 도코노마에는 오늘 아침 막 꺾어 온 꽃과 족자가 있다. 그리고 물 항아리, 나츠메, 다완, 후타오키…….

어느 것 하나를 보더라도 그곳에는 계절이 있고 그날의 주제와 조화를 이루고 있었다. 그것이 우리에게 정성을 다하는 선생님의 마음이었다.

하지만 선생님은 그에 대해 말하지 않는다. 그래서 처음에는 기껏해야 한두 가지밖에 깨닫지 못했다. 그러다 스무 해가 지나는 동안 세 가지, 네 가지, 내 힘으로 발견할 수 있게 되었다. 그제야 비로소 언제 알아차릴지 모르는 우리를 위해 선생님이 매주 얼마나 정성을 다해 그 계절을 맞이할 준비를 했는지 알게 되었다.

아니, 선생님은 지금도 우리가 미처 알아차리지 못한 장치를 잔뜩 해 두었을 것이다.

나라면 무슨 장치를 연출했는지 전부 말하고 싶을 것이다. 하지만 말로 하면 전해지지 않는 것이 있다.

선생님은 우리의 내면을 성장시켜 스스로 깨닫고 발견하게 되기를, 가만히 끈기 있게 기다려 준 것이다.

다도를 처음 시작했을 때 내가 "왜요?" "어째서요?" 하고 질문을 연발하면 선생님은 언제나 이렇게 답했다.

"이유가 어떻든 상관없어. 다도는 그런 거야."

이해되지 않는 부분은 이해될 때까지 질문하라고 배웠던 나는 당혹스러웠고, 그런 부분이 다도의 봉건적인 특성인 것 같아서 반발심을 느꼈다.

하지만 지금은 그때는 이해하지 못했던 것들을 하나하나 자연스럽게 이해하게 되었다. 10년, 15년이 지나 어느 날 갑자기 '아! 그런 거였구나.' 하고 깨닫게 되는 순간이 있었다. 대답은 자연히 찾아왔다.

다도란 계절의 순환 주기에 따른 삶의 미학과 철학을 자신의 몸으로 경험하며 깨닫는 일이었다. 온전히 이해하려면 시간이 걸린다. 그래도 그렇구나, 하고 깨닫는 순간이 올 때마다 그것은 나의 피와 살이 된다.

만약 선생님이 처음부터 전부 설명해 주었다면, 기나긴 과정 끝에 마침내 스스로 답을 찾아내는 일은 없었을 것이다. 선생님은 '여백'을 남겨 주었던 것이다.

'만일 나라면 마음을 깨닫는 즐거움을 학생들에게 전부 가르쳐 줄 텐데.'

하지만 그건 자신의 만족을 위해 상대방으로부터 발견하는 기쁨을 빼앗는 일이었다.

선생님은 데마에의 순서만 가르쳐 주고 다른 것은 아무것도 가르치지 않는다. 가르치지 않는 것으로 가르치려고 했던 것이다.

그것은 우리를 자유롭게 풀어놓는 일이기도 했다.

오로지 '작법'만이 존재한다. 다도의 작법 그 자체는 매우 엄격하고 자유 따위는 없는 것과 다름없다. 하지만 작법

외에는 아무런 규칙도 제약도 없다.

학교에서는 정해진 시간 내에 정해진 정답을 이끌어 내는 사고방식을 배운다. 올바른 답을 빨리 찾아낼수록 우수하다는 평가를 받고, 일정 시간이 지나거나 다른 답을 제출하거나 그런 제도를 따라가지 못하면 낮은 평가를 받는다.

그러나 차를 이해하는 데는 시간제한이 없다. 3년이 걸려 깨닫든 20년이 걸려 깨닫든 본인의 자유다. 깨달을 때가 오면 깨닫게 된다. 성숙의 속도는 사람마다 다르다. 그 사람의 때를 기다리는 것이다.

빨리 이해했다고 해서 좋은 평가를 받지도 않는다. 이해가 늦더라도 고민하는 과정에서 그 사람만의 깊이가 탄생한다.

어떤 답이 옳고 틀리다거나, 잘난 것도 못난 것도 없다. '눈은 하얗다'도 '눈은 까맣다'도 '눈은 내리지 않는다'도 모두 정답이었다. 사람은 모두 다른 존재니까 정답도 다 다르다. 차는 한 사람 한 사람을 있는 그대로 받아들인다.

나의 의식 속에서 오셀로 게임처럼 흑과 백이 뒤집혔다. 그토록 사람을 형태에 가두고 칭칭 얽어매는 세계라고 생각했는데 사실은 모든 것이 자유로웠던 것이다.

개성을 중시하는 학교 교육 속에 사람들을 경쟁으로 내모는 제약과 부자유가 있고, 엄격한 약속에 매여 있는 딱딱한 다도 속에 개인을 있는 그대로 받아들이는 커다란 자유가 있다.

도대체 진짜 자유란 무엇일까?

애초에 우리는 무엇과 경쟁하고 있는 걸까?

학교도 다도도 인간의 성장을 목표로 삼고 있다. 하지만 한 가지 큰 차이가 있다. 학교는 언제나 '타인'과 비교하고, 다도는 '어제까지의 자신'과 비교한다는 점이다.

나는 언젠가 보았던 뒷모습을 떠올렸다.

여든 살이 넘은 듯한 노부인이 새하얀 머리카락을 묶고 연한 등나무꽃 색깔의 숄을 어깨에 사뿐히 걸친 채 떠나가던 광경. 처음으로 미치코와 다회에 갔던 날, 산케이엔 정원에 인접한 다다미방에서 그 사람을 만났다.

"자, 나도 이제 남은 한 자리까지 마저 공부하고 와야겠네요."

그 노부인은 자리를 뜰 때 즐거운 듯이 이렇게 말했다.

"공부라는 건 정말 재미있다니깐."

대학 입시 공부에 시달렸던 나와 미치코는 여든이 넘은 사람과 공부라는 말이 도무지 어울리지 않는다고 생각했다.

이 세상에는 학교에서 배우는 것과는 전혀 다른 공부가 있다. 그로부터 20년이 지난 지금, 나는 생각한다. 남에게 배운 답을 그대로 이야기하는 것도 우열을 가리는 것도 아니라, 스스로 하나하나 깨달으면서 답을 찾아 가는 것이다. 자신의 방법으로, 있는 그대로의 자신이 성장해 가는 길을 만드는 것이다.

깨닫는 것. 일생을 다해 자신의 성장을 깨달아 가는 것.

'배움'이란 그렇게 자신을 성장시키는 일이었다.

15장

긴 안목으로 현재를 살아가다

십이지 다완

"이제 너희들도 다도를 가르쳐 보면 어떻겠니? 가르치는 것이야말로 최고의 공부란다."

선생님은 나와 유키노 씨에게 몇 번이나 그렇게 권했다.

"말도 안 돼요. 자신 없어요."

우리 둘은 14년 차에 지역 강사 간판을 갖게 되었지만 학생을 받아서 가르치지는 않았고, 그 후로도 변함없이 계속 수업을 다니다 다시 10년이 지났다.

나의 일은 몇 번이나 벽에 부딪치고 있었다. 정신적인 슬럼프도 찾아왔다. 또 다른 이별과 만남도 있었다. 세상도 격변했다. 결코 기울지 않을 것 같았던 회사가 무너지고 영원히 변하지 않을 것 같았던 질서가 붕괴했다.

나는 토요일이 되면 반드시 다도를 하러 갔다.

숯 냄새와 솔바람 속에서 나에 대한 생각에서 벗어나, 오로지 오감으로 마음을 맑게 가라앉힌다. 장지문 틈 사이로 비치는 하얀 빛 속에서 누군가가 사락사락 차선을 젓는 모습을 바라보며 화과자를 먹고 뜨거운 차를 마시고 후우,

하고 숨을 내쉰다.

'아아, 나 또한 계절의 일부구나. 이렇게 그저 이어져 있으면 되는 거구나.'

가슴 깊은 곳에서부터 그런 감정이 솟구치면서 아무 이유 없이 눈물로 눈앞이 흐려지기도 한다. 그리고 수업을 들으러 왔을 때와는 전혀 다른 상쾌한 기분이 되어 집으로 돌아간다.

현실을 살아가기 위해 다도 수업에 다녔다.

2001년 1월 6일 오전 열한 시 반. 선생님의 집에서 매년 열리는 새해 첫 다회가 시작되었다.

"여러분, 새해 복 많이 받으세요."

"새해 복 많이 받으세요."

모두가 한자리에 모이고 인사가 시작되었다.

밤색 기모노를 입은 선생님은 다다미에 손을 가볍게 댄 채 말을 이었다.

"저처럼 부족한 사람을 오랫동안 따라와 주셔서 정말 고맙습니다. 진심으로 감사드립니다."

왜 새삼스럽게 그런 말씀을 하는 걸까. 생각지도 못한 말에 그만 가슴이 쩡해졌다.

생각해 보면 내가 스무 살에 다도를 시작했을 때 선생님은 마흔넷이었다. 그로부터 24년이 지나서 나는 그때의 선

생님과 같은 마흔네 살이 되었고 선생님은 예순여덟 살이
되었다.

선생님의 딸이 결혼해서 지금은 손주도 있다.

찹쌀떡처럼 몽글몽글하던 '다케다 아주머니'는 여위고
자그마해졌지만 몸가짐은 변함없이 단정했다. 주변 사람들
과의 관계는 소중히 여기지만 우르르 몰려다니지 않는다.
'나는 이렇게 생각해.' 하면서 시원시원한 요코하마 토박이
말투로 자신의 생각을 똑 부러지게 말한다. 누구 앞에서도
태도나 어조를 바꾸는 일이 없다. 세월이 흘러도 선생님은
변하지 않았다.

"이렇게 또 새해 첫 다회가 다가왔네요. 한 해 한 해, 같
은 일이 반복되지만 최근에 이런 생각이 들었습니다. 이렇
게 매해 같은 일을 할 수 있다는 게 행복이구나, 하고요."

다도는 확실히 똑같은 일의 반복이었다. 봄, 여름, 가을,
겨울, 봄, 여름, 가을, 겨울……. 매해 계절의 주기를 빙글빙
글 돌고 있다.

그리고 사실은 계절 외에도 또 하나, 더욱 큰 주기를 돌
고 있다. 자, 축, 인, 묘, 진, 사, 오, 미, 신, 유, 술, 해. 바로
십이지다.

새해 첫 다회에는 반드시 그해의 십이지와 관련된 도구
가 등장한다. 닭띠인 '유酉'의 해에는 닭이 그려진 향합이,
호랑이띠인 '인寅'의 해에는 호랑이 그림 다완이 나온다. 그

렇게 십이지 순서에 따라 열두 해 주기로 반복된다.

계절을 되풀이하면서 동시에 십이지 간지의 열두 해 주기를 돈다. 지구가 팽이처럼 빙글빙글 자전하면서 태양 주위를 공전하는 것과 비슷했다.

2001년은 뱀의 해였다. 연한 차를 마시는 다완 정면에 뱀을 가리키는 '사믄'라는 글자가 황금색으로 쓰여 있었다.

십이지 도구는 그 십이지의 해에만 쓴다. 그것도 일 년 내내 아무 때나 쓸 수 있는 것이 아니라 정월과 그해의 마지막 수업에만 사용하게 되어 있다.

일 년의 마무리는 언제나 '올해도 무사히 보내고 마지막 날을 맞이했습니다先今年無事目出度千秋樂.'라고 쓰인 족자와 십이지 다완과 함께했다. 그 뒤로는 나무 상자에 넣어서 선반 안쪽 깊숙이 보관하게 되고, 12년 후 다시 그 십이지의 해가 돌아올 때까지 햇빛을 보는 일은 없다.

처음 그 이야기를 들었던 것은 다도를 시작한 이듬해의 새해 첫 다회에서였다.

"말도 안 돼요. 12년에 한 번이라고요? 그럼 이 다완은 살아 있는 동안 서너 번밖에 못 쓴다는 거잖아요!"

"그렇지."

"그런 다완을 일부러 사신 거예요?"

"뭐, 그렇지."

"말도 안 돼!"

다도란 어쩜 이렇게 쓸데없는 짓을 하는 걸까. 알다가도 모르겠다고 생각했다.

그때 "말도 안 돼!" 하고 외쳤던 스무 살의 나를, 지금의 내가 십이지 다완을 보며 그리워한다.

'사E'라고 쓰인 이 다완을 만져 보는 것도 이번이 세 번째다. 마지막에 소리를 내서 연한 차를 끝까지 마시고, 두 손으로 돌려 가면서 다완을 배견한다.

'지난번에 이 다완으로 연한 차를 마셨을 때 나는 서른 둘이었지. 어찌어찌 내 책을 한 권 막 냈을 때였어. 다음에 이 다완으로 차를 마시게 되면 나는 쉰여섯. 과연 어디에서 누구와 어떤 인생을 보내고 있을까?'

"지난번엔 아들이 아직 대학생이었거든. 그런데 지금은 초등학생인 손주가 둘이나 있네."

"다음에 이 다완을 볼 때는 어떤 세상이 되어 있을까."

"그때까지 건강했으면 좋겠다."

"그때면 난 벌써 여든이야."

와아, 웃음이 터졌다.

십이지 다완을 바라볼 때면 다들 아득한 저편에서 자신의 인생을 바라보게 된다.

나는 이 12년의 순환 주기를 앞으로 몇 번이나 돌게 될까? 앞으로 두 번? 세 번? 그러면 이 지구상에 없을지도 모르겠다.

차는 계절을 돌면서 십이지 간지의 주기를 영원히 돈다. 그에 비해 인간의 일생은 기껏해야 여섯 번, 아니면 일곱 번.

그것이 얼마나 유한한 시간인지 살짝 들여다본다. 그리고 한계가 있기에 더욱 소중히 여기고 즐겨야겠다고 생각하게 된다.

십이지 다완이 이렇게 말하고 있는 것 같았다.

"앞으로도 많은 일들이 있겠지만 조급해하지 말고 느긋하게 살아가는 거야. 시간을 들여 천천히 자신을 만들어 가는 거야. 인생은 긴 안목으로 지금 이 시간을 살아가는 거니까."

지난 24년 동안 이 나라 계절의 대략적인 순환을 이해하게 되었다. 예전에는 같은 데마를 계속할 수 있으면 좋을 텐데, 하면서 불만스러워했지만 지금은 그 변화를 즐기는 것이 바로 다도라고 생각하게 되었다.

다화의 이름을 많이 외우게 되었다. 계산하지 않고서도 다다미 한 장을 여섯 걸음으로 걸을 수 있게 되었다. 화과자의 근사함을 알게 되었다. 족자 중에서 좋아하는 문구도 몇 가지 생겼다.

많은 것들을 발견하고, 내 나름대로 '차라는 건 이런 거구나.' 하고 느낀 순간이 있었다.

하지만 다회에 가서 라쿠차완의 만듦새에서 느껴지는

운치, 풍로 속에서 물결무늬로 정돈된 재의 아름다움, 선종 사원의 노승이 쓴 족자의 필치에 대한 선생님들의 대화를 들으면 금세 별세계가 되고 만다.

결국 내가 '차'라고 생각했던 것은 내게 보이는 극히 일부분에 지나지 않았고, 전체적인 모습은 아직도 거의 파악하지 못했다. 나는 지금도 여전히 아무것도 모르는 것이다.

그러나 한편으로는 이런 생각도 든다. 차라는 건 무수한 면으로 이루어진 다면체다.

'다도는 옛 생활의 양식이다.'라고 말하는 사람이 있다. '일본 예술의 집대성이다.'라고 말하는 사람도 있다. '오직 데마에를 통해서 무를 지향하는 미의 종교다.'라는 글을 쓴 사람도 있다. '계절을 다루는 삶의 지혜의 결정체', '그저 하나의 양식'…….

차는 어떠한 해석이든 허용해 준다.

그렇다면 나의 견해 또한 또 다른 차의 세계인 것이다.

어쩌면 차는 그 사람 자신을 비추고 있는 것일지도 모른다. 사람의 수만큼 차가 존재하는 것이다.

"너희들도 다도를 가르쳐 보렴. 가르치는 일은 여러 가지를 배우는 일이기도 하단다."

25년 차가 되던 해에 나와 유키노 씨는 '교수' 자격을 얻는 것을 목표로 첫발을 내딛었다. 평소와 같이 집에 돌아오

는 길에 나란히 걸으면서 어느 쪽이 먼저랄 것도 없이 말
했다.

"이제부터가 진짜 차에 대한 공부일지도 몰라."

"응. 진짜 시작인 거야……."

단행본 후기

이 책에 쓴 내용은 지난 25년간 내가 다도를 통해 체험한 것들의 극히 일부분에 지나지 않는다. 전하고 싶은 것이 너무 많아서 꽤 오랫동안 이 원고를 썼지만 그중 절반 정도를 들어내야만 했다.

문장으로 적지 못한 부분도 무척 많았다. 생각이 꼬리에 꼬리를 물고 무한대로 펼쳐져서 따라갈 수 없었기 때문이다.

눈에는 보이지 않는 마음의 공간을 어떻게 전하면 좋을까. 몇 번이나 그 자리에서 멍하니 멈추었는지 모른다.

차의 세계에서 나는 아직도 한참 어린애일 뿐이다. 그렇게 미숙한 내가 차에 대한 책을 쓰다니 처음부터 무모한 일이었다. 그래도 차는 인간이라는 존재의 불완전함마저 온전히 받아들여 준다. 그러한 차의 넓은 품으로 뛰어드는 기분으로 이 책을 썼다. 혹시 틀린 부분이 있다면 가르쳐 주길 바란다. 감사한 마음으로 지적을 받아들이고자 한다.

'일일시호일日日是好日'을 일본어로 읽는 법에 대해서는 '니치니치코레코니치'가 바르다는 의견도 있지만 '코니치'도

'코지쓰'도 일반적으로 널리 쓰인다. 다도 수업 때 '코지쓰'라고 읽었기 때문에 익숙한 '코지쓰'라는 표현을 선택했다.

등장인물의 이름은 전부 가명을 사용했다.

지난 25년간 여름에는 더위를, 겨울에는 추위를 즐기는 법을 가르쳐 주고 정형화된 규칙 너머에 있는 어마어마한 자유의 지평선을 보여 주신 선생님께, 말로 다할 수 없을 정도로 감사하고 있다. "선생님, 이게 지금 저의 다도예요!" 하고 이 책을 바치고 싶다.

함께 차를 배워 온 다도 교실의 동료들, 이 책을 쓰는 동안 계속 응원하며 버팀목이 되어 준 친구들, 나에게 다도를 권해 준 어머니와 사촌에게도 모두 감사하고 있다.

마지막으로 이 책을 쓰는 데 있어 여러 해 동안 아스카 신샤의 시마구치 노리코 씨의 도움을 받았다. 책을 만드는 일에 대한 그녀의 열정과 강한 끈기가 없었다면 이 책을 완성하지 못했을 것이다. 이 자리를 빌려 진심으로 감사를 전하고 싶다.

차를 시작하고 어느덧 26년.

2002년 새해

모리시타 노리코

문고본 후기

《매일매일 좋은 날》을 쓰고 나서 여섯 번의 계절이 반복되었다. 나는 지금도 변함없이 일주일에 한 번 다도 교실에 다니고 있다.

오십 대가 되자 확실히 인생의 풍경이 바뀌었다. 책임은 무거워지고 자질구레한 일들이 늘어났다. 삼십 대 때는 밤을 새워 해냈던 일들이 지금은 불가능해졌다. 부모님의 간병에 지친 친구도 있다. 아득히 먼 미래의 일이라고 생각했던 노후 문제가 구체적으로 다가오기 시작했다.

다양한 고민거리를 품은 채 다도 수업에 가서 숯 냄새와 쓰쿠바이의 물소리 속에 가만히 차를 타다 보면, 오랫동안 이해하지 못했던 데마에의 의미나 족자의 깊은 뜻이 갑작스럽게 와닿을 때가 있다.

그런 거였구나, 하고 지금도 때때로 깨달음이 찾아온다. 자그마한 발견일 때도 있지만 장대한 우주의 장치에 다가간 듯한 감동에 전율할 때도 있다. 그러한 마음의 깨달음을 글로 전하는 일을 할 수 있어서 정말로 행복하다.

이번에 《매일매일 좋은 날》이 신초샤에서 문고본으로

다시 태어나게 되었다. 취직에 실패하고 불안과 초조 속에서 내가 있을 곳을 필사적으로 찾아 헤매던 시절을 생각하면 기쁘기 그지없다.

새로운 독자와 만날 수 있는 기회를 준 분들께 감사드린다. 라쿠고의 대가 야나기야 고산지 씨가 아사히신문에 서평을 써 주신 것도 뜻하지 않은 행운이었다. 고산지 씨에게 정말 감사드린다. 고산지 씨의 이야기를 직접 듣는 듯한 기분이었다. 정말 기쁘다.

오십 대가 되며 인생의 풍경이 달라진 지금, 다도를 계속해 와서 다행이라고 더더욱 절실히 느낀다. 지금까지도 차가 나의 버팀목이 되어 주었지만 사실 앞으로의 인생을, 이 시대를 살아가기 위해 더더욱 다도가 필요할지도 모른다. 언젠가 가까운 시일 내에 그런 나날의 생각들을 속편을 통해 이야기하고 싶다.

오늘은 일주일에 한 번 있는 다도 수업 날. 스키야부쿠로*와 흰 양말을 가지고, 그럼 다녀오겠습니다.

2008년 초가을
모리시타 노리코

* 다도에 필요한 소품들을 담는 작은 가방

다실茶室

다도를 위한 독립된 방이나 건물.
데마에 준비와 각종 도구 보관을 위한 공간인
'미즈야水屋'가 딸려 있다.

족자掛け軸

다실에서 가장 중요하게 여겨지는 요소로,
그날의 주제가 담긴 말이 쓰여 있다.

후쿠사帛紗

다도구를 닦는 데 쓰는 천
다도 유파와 성별에 따라 색이
달라진다.

차선茶筅
차를 탈 때 쓰는 도구.
말차에 물을 넣고
잘 저어 섞는다.

다완茶碗
차를 담아 마시는 그릇.
계절에 따라 모양이
달라진다.

차샤쿠茶杓
말차를 떠서 다완에 넣을 때 쓰는 찻숟가락.
'다인의 검'이라고도 불린다.

나츠메棗
연한 차용 말차를 넣는 용기.
모양이 닮았다고 해서 대추라는 뜻의
'나츠메'가 되었다. 진한 차용 말차는
'차이레茶入'라는 용기에 담는다.

물 항아리水指

차선과 다완을 헹구거나 가마에 넣어
끓일 물을 담아 두는 그릇.

풍로風炉

다다미 위에 화덕을 두고 위에
가마를 걸어 물을 끓이는 도구.
5~10월 무렵의 따뜻한 시기에
사용한다.

화로炉

다다미의 일부를 도려내고 바닥 밑 공간에
불을 때서 물을 끓이는 도구.
11~4월의 추운 시기에 사용한다.

차건茶巾

다완을 닦는 데
쓰는 수건. 차건을
접는 방법은 유파에
따라 다르다.

히샤쿠柄杓

가마나 물 항아리에서 뜨거운 물이나
차가운 물을 뜨는 데 쓰는 도구.

옮긴이_이유라

숙명여자대학교에서 일본학과 의류학을 전공하고 일본 리츠메이칸대학교 문학부에서 공부했다. 일본 유학 시절, 우라센케의 마치다 소호 선생님에게 다도를 배우고 교토의 화과자 전문점 오이마츠에서 화과자를 배웠다. 단편소설로 등단한 뒤 집단지성번역플랫폼 플리토에서 근무했으며 현재는 바른번역 소속 전문 번역가로 활동 중이다. 스스로 빛나지 않는 달처럼, 원작의 빛을 가장 잘 전달하는 번역가가 되기 위해 노력하고 있다. 옮긴 책으로는 《나에게 읽어주는 책》, 《5분 스탠딩 건강법》, 《꼭 알아야 할 일본전래동화 시리즈》, 《우리도 고양이로소이다》(출간 예정) 등이 있다.

매일
매일
좋은 날

1판 1쇄 발행 2019년 1월 9일
1판 4쇄 발행 2022년 3월 22일

지은이 모리시타 노리코
옮긴이 이유라

발행인 양원석 **편집장** 김건희
디자인 남미현, 김미선
영업마케팅 조아라, 신예은, 이지원

펴낸 곳 ㈜알에이치코리아
주소 서울시 금천구 가산디지털2로 53, 20층 (가산동, 한라시그마밸리)
편집문의 02-6443-8902 **구입문의** 02-6443-8838
홈페이지 http://rhk.co.kr **등록** 2004년 1월 15일 제2-3726호

ISBN 978-89-255-6507-1 (03830)

※ 이 책은 ㈜알에이치코리아가 저작권자와의 계약에 따라 발행한 것이므로 본사의 서면 허락 없이는 어떠한 형태나 수단으로도 이 책의 내용을 이용하지 못합니다.

※ 잘못된 책은 구입하신 서점에서 바꾸어 드립니다.

※ 책값은 뒤표지에 있습니다.